U0459049

亨利·詹姆斯 小说系列

李和庆 吴建国 主编

黛西·米勒

Daisy Miller

〔美〕亨利·詹姆斯 著

李翼 译

人民文学出版社
PEOPLE'S LITERATURE PUBLISHING HOUSE

Henry James
Daisy Miller

图书在版编目(CIP)数据

黛西·米勒/(美)亨利·詹姆斯著;李翼译.
—北京：人民文学出版社，2020(2022.2 重印)
(亨利·詹姆斯小说系列)
ISBN 978-7-02-014228-6

Ⅰ.①黛⋯　Ⅱ.①亨⋯　②李⋯　Ⅲ.①中篇小说-美
国-近代　Ⅳ.①I712.44

中国版本图书馆 CIP 数据核字(2018)第 086105 号

责任编辑　朱卫净　邱小群　骆玉龙
封面设计　钱　珺

出版发行　**人民文学出版社**
社　　址　**北京市朝内大街 166 号**
邮政编码　**100705**

印　　制　**上海盛通时代印刷有限公司**
经　　销　**全国新华书店等**

开　　本　**890 毫米×1240 毫米　1/32**
印　　张　**4.25**
字　　数　**80 千字**
版　　次　**2020 年 9 月北京第 1 版**
印　　次　**2022 年 2 月第 3 次印刷**

书　　号　**978-7-02-014228-6**
定　　价　**50.00 元**

如有印装质量问题,请与本社图书销售中心调换。电话:010－65233595

序　一

◎李维屏

　　亨利·詹姆斯（Henry James，1843—1916）是现代英美文坛巨匠，西方现代主义文学运动的先驱。这位出生在美国而长期生活在英国的小说家不仅是英美文学从十九世纪现实主义向二十世纪现代主义转折时期一位继往开来的关键人物，而且也是大西洋两岸文化的解释者。自二十世纪八十年代以来，詹姆斯的小说创作和批评理论引起了我国学者的高度关注，相关研究成果层出不穷。他那形式完美、风格典雅的作品备受中国广大读者的青睐。近日得知吴建国教授与李和庆教授主编的"亨利·詹姆斯小说系列"即将由著名的人民文学出版社出版，我感到由衷的高兴，便欣然命笔，为选集作序。

　　亨利·詹姆斯是少数几位在英美两国文坛都拥有举足轻重地位的文学大师之一。今天，国内外学者似乎获得了这样一个共识，即詹姆斯的小说创作代表了十九世纪末开始流行于欧美文坛的一种充满自信、高度自觉并以追求文学革新为宗旨的现代艺术观。如果我们今天仅仅将詹姆斯看作现代心理小说的杰出代表或现代小说理论的创始人，这显然是远远不够的。如果我们将他的艺术主张放到宏观的西方文学革新的大背景中加以考量，将他的小说创作同一百多年前那场声势浩大的现代主义运动互相联系，那么我们不难发现，詹姆斯的创作成就、现代小说理论体系以及他在早期现代主义运动中的引领作用，完全奠定了他在现代世界文坛的重要地位。正如与他同时代的著名小说家约瑟夫·康拉德所说："凭借其作品和力量，詹姆斯是一位艺术的英雄。"著名诗人 T. S. 艾略特也曾感慨地说过："随着福楼拜和詹姆斯的出现，（传统）小说已经宣告结束。"我以为，詹姆斯小说的一个最重要的特征也许是他的国际视野。他所追求的国际视野不仅体现了他早期现代主义思想的开拓性，而且也成为第一次世界大战前后一批自我流放的现代主义者追踪国际文化和艺术前沿的风向标。君不见，詹姆斯创建的遐迩闻名的"国际主题"（the international theme）在大力倡导文化交流、文明互鉴、探索"人类命运共同体"的今天依然具有重要的启示作用。

"亨利·詹姆斯小说系列"分别收录了詹姆斯的六部长篇小说、四部中篇小说和两部共由十八个高质量的故事组成的短篇小说集。《一位女士的画像》《华盛顿广场》《鸽翼》《金钵记》《专使》和《美国人》等长篇小说不仅代表了詹姆斯创作的最高成就，而且早已步入了世界经典英语小说的行列。《螺丝在拧紧》《黛西·米勒》《伦敦围城》和《在笼中》等中篇小说以精湛的技巧和敏锐的目光观察了那个时代的生活，而詹姆斯的短篇小说则像一个个小小的摄像头对准各种不同的场合，生动记录了欧美社会种种世态炎凉、文化冲突以及现代人的精神困惑。毋庸置疑，这套詹姆斯小说选集的作品是经编选者认真思考后精心选取的。

"亨利·詹姆斯小说系列"的出版为我国的读者提供了一个全面了解詹姆斯的创作实践、品味其小说艺术和领略其语言风格的契机。我相信,这套选集的问世不仅会进一步提升詹姆斯在我国广大读者中的知名度,而且会对国内詹姆斯研究的发展产生积极的影响。

2018 年 1 月于上海外国语大学

开创心理现实主义小说先河的文学艺术大师

——"亨利·詹姆斯小说系列"序二

◎吴建国

一 引 言

"我们在黑暗中奋力拼搏——我们竭尽全力——我们倾情奉献。我们的怀疑就是我们的激情，而我们的激情则是我们的使命。剩下的就是对艺术的痴迷。"亨利·詹姆斯短篇小说《中年岁月》里那位小说家在弥留之际的这句肺腑之言，也是亨利·詹姆斯本人的座右铭。

詹姆斯的创作凝结着厚重的历史理性、人文精神和诗学意义，他的主题涵盖大西洋两岸的人们在社会、历史、文化、伦理、婚姻乃至意识形态等诸多方面的交互影响和碰撞，即所谓"国际题材"。他殚精竭虑地探索的问题是：什么是真实的生活，什么是理想的生活，更为重要的是，如何在艺术上再现这种生活。他强调人性、人情、人道，以及人的感性、灵性、诗性对人类生存的重要意义。在刻画人物的内心世界和社交活动时，常运用边界模糊甚至互为悖反的动机和印象展现人物的精神风貌，通过"由内向外"的描写反映变幻莫测、充满变数的大千世界和人的生存价值。他的叙事艺术和语言风格独树一帜，笔意奇崛，遣词谋篇精微细腻，具有高度的实验性，对人物、情节和场景的描摹颇具印象派绘画的特性，甚而有艰涩难解、曲高和寡之嫌。他是欧美现实主义向现代主义创作转型时期重要的小说家和批评家，是美国现代小说和小说理论的奠基人，是开创二十世纪西方心理现实主义小说先河的文学艺术大师。他曾三度（一九一一年、一九一二年、一九一六年）获诺贝尔文学奖提名，并于一九一六年获得英王乔治五世授予的功绩勋章。他卷帙浩繁的著作、博大精深的创作思想和追求艺术真理的革新精神，对二十世纪崛起的西方现代派乃至后现代派文学具有深远的影响。

二 亨利·詹姆斯小传

亨利·詹姆斯于一八四三年四月十五日出生在纽约市华盛顿广场具有爱尔兰和苏格兰血统的名门世家。他的祖父威廉·詹姆斯（William James，1771—1832）于美国独立战争之后不久从爱尔兰移民美国，凭借自己的努力成为纽约州奥尔巴尼市赫赫有名的银行家和投资家。他的父亲老亨利·詹姆斯（Henry James Sr.，1811—1882）继承了其父的巨额遗产，是一位富有睿智、性情豁达的哲学家、神学家和作家，是美国超验主义哲学家兼诗人拉尔夫·爱默生（Ralph Waldo Emerson，1803—1882）和哲学家兼诗人和散文家亨利·梭罗（Henry David Thoreau，1817—1862）等大文豪的知心好友。他的母亲玛丽·沃尔什（Mary Robertson

Walsh，1810—1882）出身于纽约上流社会的富裕人家。他的哥哥威廉·詹姆斯（William James，1842—1910）是美国著名心理学家、教育家和实用主义哲学的创始人，是二十世纪初最具影响力的哲学家和"美国心理学之父"。他的妹妹艾丽斯·詹姆斯（Alice James，1848—1892）是日记作家，以其发表的众多日记而闻名遐迩。

由于老亨利·詹姆斯信奉"斯威登堡学说"①，认为传统教育模式不利于个性发展，应当让子女得到世界性教育，亨利·詹姆斯幼年时的教育主要是在父母和家庭教师的指导下进行的，后来又经常跟随父母往返于欧美两地，偶尔就读于奥尔巴尼、伦敦、巴黎、日内瓦、布洛涅、波恩、纽波特、罗德岛等地的学校，并在父亲的带领下面见过狄更斯和萨克雷等英国大作家。詹姆斯自幼便受到欧洲人文思想和文化环境的熏陶，且博闻强识，尤其注重吸收科学和哲学理念，这使他从小就立下了要从事文学创作的远大志向。在一八五五年至一八六〇年举家旅欧期间，他们在法国逗留时间最长，詹姆斯得以迅速掌握了法语。詹姆斯早年说英语时略有口吃，但法语却说得非常流利，从此不再结巴。

一八六〇年，他们从欧洲返回美国，居住在纽波特。詹姆斯开始接触法国文学，系统阅读了大量法国文学作品。他尤其喜爱

① 斯威登堡学说（Swedenborgianism），瑞典科学家和神学家伊曼纽尔·斯威登堡（Emanuel Swedenborg，1688—1772）所倡导的新的宗教思潮，认为每一个人都必须在不断悔过自新的过程中积极地彼此相互合作，从而获得个人生活和精神的升华。

巴尔扎克，称巴尔扎克为"最伟大的文学大师"。巴尔扎克的小说艺术对他后来的创作影响甚大。一八六一年秋，詹姆斯在一场救火事件中腰部受伤，未能服兵役参加美国南北战争。这次腰伤落下的后遗症在他一生中仍时有发作，使他怀疑自己从此丧失了性功能，因而终身未娶。一八六二年，他考入哈佛大学法学院。但他对法学不感兴趣，一年后便离开了哈佛大学，继续追求他所钟情的文学事业。此时，他与威廉·豪威尔斯（William Dean Howells，1837—1920）、查尔斯·诺顿（Charles Eliot Norton，1827—1908）、安妮·菲尔兹（Annie Adams Fields，1834—1915）等美国文学评论家和作家交往甚密。在他们的鼓励和引导下，詹姆斯于一八六三年开始撰写短篇小说和文学评论，作品大都发表在《大西洋月刊》《北美评论》《国家》《银河》等大型文学刊物上。

他的第一部长篇小说《看护》（*Watch and Ward*）于一八七一年开始在《大西洋月刊》连载，经过他重新修润后，于一八七八年正式出版。这部小说描写主人公罗杰·劳伦斯如何收养幼女诺拉，将她抚养成人，最后娶她为妻的艳情故事：罗杰是波士顿有闲阶层的富豪，诺拉的父亲兰伯特因生活所迫，曾向他借钱以解燃眉之急，却遭到了他冷漠的拒绝。兰伯特在隔壁房间自杀身亡，罗杰深感懊悔，收养了他的女儿诺拉。诺拉时年十二岁，体质羸弱，模样也很难看。在罗杰的悉心照料下，诺拉很快成长起来。罗杰想把她抚养成人后让她做自己的新娘。岂料，诺拉出落成如花似玉的美少女后，却被另外两个男人疯狂追求：一个是风流成性、心怀叵测的乔治·芬顿，另一个是罗杰的表弟、虚伪的牧师休伯特·劳伦斯。涉世未深的诺拉经历了一系列富有浪漫色彩的冒险之后，终于上当受骗，落入芬顿设下的圈套，在纽约身陷囹圄。罗杰在危急关头挺身而出，挽救了诺拉，两人终成眷属。

《看护》展现了詹姆斯早期朴直率性的写作风格和他对言情小说的喜爱。这部小说的情节看似错综复杂、扑朔迷离，但对诺拉由丑小鸭成长为美天鹅的发展过程写得过于平铺直叙，对卑鄙下流的恶棍芬顿的刻画显然囿于俗套，故事的叙事进程也平淡无奇，甚至不乏隐晦的色情描写，皆大欢喜的结局也缺乏应有的审美张力。詹姆斯一八八三年在选编他的作品选集时，不愿把《看护》收录其中。但小说却把艳若天仙的美少女诺拉刻画得栩栩如生、魅力四射，令人赏心悦目，对纽约社会底层生活场景的描摹也入木三分，显示出作者对社会和伦理问题细致入微的关注。小说的语言也优美流畅、睿智幽默，富有诗情画意，深得读者喜爱。《看护》预示着一位文学大师即将横空出世。

由于发现美国太讲究物质利益，缺乏文化底蕴，不利于艺术创新，詹姆斯于一八六九年离开美国，开始了他人生第一次在海外自我流放的生活。在一八六九年至一八七〇年间的十四个月里，他游历了伦敦、巴黎、罗马等欧洲大都市。一八六九年侨居在伦敦时，他结识了约翰·拉斯金、狄更斯、马修·阿诺德、威廉·莫里斯、乔治·爱略特等英国著名作家和文学评论家，与他们过从甚密。此外，他还与麦克米伦等出版机构建立了长期的合作关系，由出版商先预付稿酬分期连载他的作品，而后再结集成书出版。鉴于这些分期连载的小说主要面向英国中产阶级的女性读者，出版商希望他创作出适合年轻女性阅读口味的作品。尽管必须满足编辑部提出的种种苛求，但他在创作中仍坚持严肃的主题和审美标准。此时的詹姆斯虽然蛰居在伦敦的出租屋里，却有机会接触政界和文化界的名流雅士，常去藏书量丰富的俱乐部与朋友们交谈。在此期间，他结交了亨利·亚当斯（Henry Brooks Adams，1838—1918）、查尔斯·盖斯凯尔（Charles George Milnes Gaskell，1842—1919）等欧美学者和政要。在遍访欧洲各大都市期间，他对罗马尤为喜爱，想在罗马做一名自食其力的自由作家，后来成了《纽约先驱报》驻巴黎的特约记者。由于事业不顺等原因，他于一八七〇年回到纽约市，但不久后又重新返回伦敦。一八七四年至一八七五年间，他发表了《大西洋两岸随笔》（*Transatlantic Sketches*，1875）、《狂热的朝香者和其他故事》（*A Passionate Pilgrim and Other Tales*，1875）、长篇小说《罗德里克·赫德森》（*Roderick Hudson*，1875），以及若干中短篇小说。在这一阶段，他的作品具有美国小说家纳撒尼尔·霍桑的遗响。

《罗德里克·赫德森》写成于詹姆斯侨居罗马的那段日了里。詹姆斯自认为这才是他真正意义上的第一部长篇小说。这是一部心理成长小说（Bildungsroman），描写血气方刚、才华横溢、豪情满怀的美国马萨诸塞州年轻的法学生、雕塑爱好者罗德里克·赫德森如何在意大利迷失在各种情感纠葛、物欲诱惑，以及理性与现实的矛盾和冲突之中，渐渐走向成熟，后又死于非命的故事。小说以罗马为背景，以生动的笔触描写了这座名人荟萃的艺术大都会的社会风貌、文化气息、人情世故和美不胜收的雕塑艺术馆，鞭辟入里地揭示了欧美两地价值观的冲突，探讨了金钱与艺术、爱情和精神追求之间的关系。小说中所塑造的欧洲最美丽的姑娘克里斯蒂娜·莱特，后来又再次成为他的长篇小说《卡萨玛西玛王妃》（*The Princess Casamassima*，1886）中的女主人公。

一八七五年秋，詹姆斯离开伦敦前往巴黎，居住在位于塞纳河左岸的拉丁区。在此期间，他结识了福楼拜、屠格涅夫、莫泊桑、左拉、都德等大作家，与他们结下了深厚的友谊。在巴黎生活了一年之后，他于一八七六年再次返回伦敦。在此后的四十年里，除了偶尔返回美国和出访欧洲外，他大都生活在英国。他勤于思索，对文学艺术已有自己独到的见解，且潜心于笔耕，保持着旺盛的创作势头，写出了长篇小说《美国人》（*The American*，1877）、《欧洲人》（*The Europeans*，1878），评论集《论法国诗人和小说家》（*French Poets and Novelists*，1878）、《论霍桑》（*Hawthorne*，1879），以及《国际插曲》（*An International Episode*，1878）等一系列中短篇小说。一八七八年出版的中篇小说《黛西·米勒》(*Daisy Miller*)奠定了他在文学界的崇高声望。这部小说之所以在大西洋两岸引起巨大轰动，主要是因为小说所着力刻画的女主人公的行为举止和个性特征已经大大超出当时欧美两地传统的社会准则和伦理规范。他的第一部重要长篇代表作《一位女士的画像》(*The Portrait of a Lady*，1881)也创作于这一时期。

一八七七年，他首次参观了好友盖斯凯尔的家园、英国什罗普郡的文洛克寺。这座始建于公元七世纪的古寺历尽沧桑的雄姿及其周围的广袤原野激发了他的创作灵感，寺内神秘的浪漫气氛和寺院后宁静修远的湖泊，成了他日后所创作的哥特式小说《螺丝在拧紧》(*The Turn of the Screw*，1898)的基本背景和素材。在这一时期，詹姆斯仍遵循法国现实主义小说家，尤其是左拉的创作思想和叙事风格。霍桑对他的影响已日渐减弱，取而代之的是乔治·爱略特和屠格涅夫。他自己的创作思想和艺术风格业已日渐成熟。一八七九年至一八八二年间，詹姆斯相继发表了长篇小说《一位女士的画像》、《华盛顿广场》(*Washington Square*，1880)和《信心》(*Confidence*，1880)，游记《所到各地图景》(*Portraits of Places*，1883)，以及《伦敦围城》(*The Siege of London*，1883)等中短篇小说，这些作品大多为"国际题材"小说。

一八八二年至一八八三年间，詹姆斯遭受了数次痛失亲朋好友的打击：他母亲于一八八二年病逝，他父亲也于数月后离世。

他们家族的老友和常客、著名思想家和文学家拉尔夫·爱默生也于一八八二年逝世。他的良师益友屠格涅夫于一八八三年与世长辞。

一八八四年春，詹姆斯再次离开伦敦前往巴黎，常与左拉、都德等作家在一起切磋交谈，并结识了法国著名自然主义小说家龚古尔兄弟。詹姆斯似乎暂时放下了"美国与欧洲神话"，开始潜心研究法国现实主义和自然主义文学，发表了他的文学评论集《论小说的艺术》(*The Art of Fiction*, 1884)。一八八六年，他出版了描写波士顿女权主义运动的长篇小说《波士顿人》(*The Bostonians*)和以伦敦无政府主义者的革命故事为题材的长篇小说《卡萨玛西玛王妃》。这两部社会小说融合了法国自然主义文学的思想倾向和叙事方法，但当时的评论界和图书市场对这两部作品的接受状况并不令人满意。在这一时期，詹姆斯不仅博览群书，而且结交了欧美文坛诸多卓有建树的文学艺术家，不少人成了他的知心好友，如英国小说家兼诗人罗伯特·史蒂文森(Robert Louis Stevenson, 1850—1894)、旅欧美国画家约翰·萨金特(John Singer Sargent, 1856—1925)、旅欧美国女小说家兼诗人康斯坦斯·伍尔森(Constance Fenimore Woolson, 1840—1894)、英国诗人兼文学评论家埃德蒙·高斯(Sir Edmund Gosse, 1849—1928)、法国漫画家兼作家乔治·杜·莫里哀(George du Maurier, 1834—1896)、法国小说家兼文学评论家保罗·布尔热(Paul Bourget, 1852—1935)等人，并与美国女作家伊迪丝·华顿（Edith Wharton，1862—1937）保持着长期的友谊，还发表了文学评论集《一组不完整的画像》（*Partial Portrait*，1888）。

一八八九年冬，詹姆斯开始着手翻译都德的著名三部曲《达拉斯贡的达达兰历险记》（*Les Aventures prodigieuses de Tartarin de Tarascon*，1872）中的第三部《达拉斯贡港》（*Port Tarascon*）[1]。这部译著于一八九〇年开始在《哈泼斯》连载，被英国《旁观者周刊》誉为"精品译作"，并由桑普森出版公司于一八九一年在伦敦出版。十九世纪八十至九十年代末，詹姆斯曾数次跨过英吉利海峡，在法国、德国、奥地利、瑞士等欧洲国家搜集创作素材。一八八七年，他在意大利居住了很长一段时间。他的著名中篇小说《反射器》（*The Reverberator*，1888）和《阿斯彭文稿》（*The Aspern Papers*，1888）即写成于这一年。

除上述作品外，詹姆斯在这一时期发表的主要作品还有：短篇小说集《三城记》（*Tales of Three Cities*，1884），中篇小说《大师的教诲》（*The Lesson of the Master*，1888），短篇小说集《伦敦生活及其他故事》（*A London Life and Other Tales*，1889），长篇小说《悲惨的缪斯》（*The Tragic Muse*，1890），短篇小说《学生》（*The Pupil*，1891），短篇小说集《活生生的东西及其他故

---

[1] 这部小说主要描写达拉斯贡人被取消宗教团体所激怒，决定到澳大利亚去，建立一个以达拉斯贡命名的移民区，却遇到了一连串的困难和阻挠。小说中所塑造的主人公达达兰是一个虚荣心很强、爱好吹牛的庸人，是对无能而又好大喜功的法国社会风气的辛辣讽刺。

事》(*The Real Thing and Other Tales*，1893)，短篇小说集《结局》(*Terminations*，1895)，短篇小说《地毯上的图案》(*The Figure in the Carpet*，1896)、《尴尬》(*Embarrassment*，1896)，长篇小说《波英顿的珍藏品》(*The Spoils of Poynton*，1897)、《梅芝知道的东西》(*What Maisie Knew*，1897) 等。尽管詹姆斯在这一时期仍遵循以左拉为代表的法国自然主义文学流派的表现手法，但他更关注社会和政治问题，作品的基调和主题思想更接近都德的小说。他的创作在这一时期的突出特点是：中短篇小说较多，而且在多方面、多维度进行实验，他认为这种叙事方法更适合于传达他的艺术观。但这些作品当时并没有得到评论界的好评，销路也不佳。于是，他开始尝试剧本创作。一八九〇年至一八九五年间，他一连写出了《盖伊·多米维尔》(*Guy Domville*) 等七个剧本，上演了两部，但都不太成功。这使他从此对剧本写作心灰意冷。然而戏剧实践却为他后来的小说创作提供了戏剧表现手法、场景布设安排以及书写人物对话的技巧。

一八九七年至一九一四年，詹姆斯从伦敦搬迁至英国东南部萨塞克斯郡风景秀丽的海滨小镇莱伊 (Rye)，居住在他自己出资购置的古色古香的兰姆别墅①，在这里潜心创作，写出了他构思精巧、极具艺术张力的名篇《螺丝在拧紧》和中篇小说《在笼中》(*In the Cage*，1898)。一八九九年至一九〇一年间，他出版

---

① 如今，这座别墅已归英国国家信托基金会管辖，成为英国"作家博物馆"。

了长篇小说《左右为难的时代》(*The Awkward Age*, 1899)、《圣泉》(*The Sacred Fount*, 1901)和短篇小说集《软边》(*The Soft Side*, 1900)。一九〇二年至一九〇四年间，他连续发表了三部具有开创意义的心理分析小说：《鸽翼》(*The Wings of the Dove*, 1902)、《专使》(*The Ambassadors*, 1903)和《金钵记》(*The Golden Bowl*, 1904)，以及若干中短篇小说，如《丛林猛兽》(*The Beast in the Jungle*, 1903)，短篇小说集《更好的一类》(*The Better Sort*, 1903)等。

一九〇四年，詹姆斯应邀回到美国，在全美各高校讲授巴尔扎克等法国作家及其作品，并在《北美评论》《哈泼斯》《双周书评》等文学刊物发表了一系列文学评论和杂文。他的《美国景象》(*The American Scene*)于一九〇五年至一九〇六年陆续在《北美评论》等杂志连载了十章，并于一九〇七年结集成书出版。《美国景象》真实记录了他一九〇四年至一九〇五年在美国的观感，严厉抨击了他亲眼所见的处于世纪之交的美国狂热的物质至上主义、世风日下的伦理价值体系和名不副实的社会结构，以及种族和政治等问题，引发了广泛的批评和争议。他在这本书中所论及的美国移民政策、环境保护、经济发展、种族与地区冲突等热点话题，至今仍有可资借鉴的现实意义。一九〇六年至一九一〇年间，他的游记《意大利时光》(*Italian Hours*, 1909)、长篇小说《呐喊》(*Outcry*, 1910)以及若干中短篇小说也相继发表在《北美评论》等文学刊物上。此外，他还亲自编辑出版了

"纽约版"二十四卷本《亨利·詹姆斯作品选集》。他为书中的几乎每一篇（部）作品都撰写了序言，追溯了每一部小说从酝酿到完成的过程，并对小说的写法进行了严肃的探讨。这些序言既是他的"审美回忆"，也是富有真知灼见的理论阐述。一九一〇年，他哥哥威廉·詹姆斯去世，他回国吊唁，但不久后再次返回英国。由于他在小说创作理论和实践上所取得的突出成就，哈佛大学于一九一一年授予了他荣誉学位，牛津大学于一九一二年授予了他荣誉文学博士称号。自一九一三年开始，他撰写了三部自传：《童年及其他》（*A Small Boy and Others*，1913）、《作为儿子和兄弟的札记》（*Notes of a Son and Brother*，1914）和《中年岁月》（*The Middle Years*，1917）[①]。

一九一四年第一次世界大战爆发后，詹姆斯做了大量宣传鼓动工作支持这场战争。由于不满美国政府的中立态度，他于一九一五年愤然加入了英国国籍。一九一六年，英王乔治五世亲自授予他功绩勋章。由于过度劳累，健康每况愈下，数月后突发中风，后来又感染了肺炎，詹姆斯于一九一六年二月二十八日在伦敦切尔西区溘然长逝，享年七十三岁。按照他的遗嘱，他的骨灰被安葬在美国马萨诸塞州的剑桥公墓，墓碑上铭刻着"亨利·詹姆斯：小说家、英美两国公民、大西洋两岸整整一代人的诠释者"。一九七六年，英国政府在伦敦威斯敏斯特教堂的"诗

---

① 这部未完成自传与亨利·詹姆斯发表于1893年的短篇小说《中年岁月》同名，在他去世一年后出版。

人墓园"为他设立了一块纪念碑，以缅怀他的丰功伟绩。

三 屹立在欧美文学之巅的经典小说家

詹姆斯辛勤耕耘五十余载，发表了二十二部长篇小说、一百一十二篇中短篇小说、十二个剧本，以及多篇（部）文学评论和游记等作品。他的小说大多先行刊载在欧美重要文学刊物上，经他亲自修润后，再正式结集成书。他精通小说艺术，笔调幽默风趣，人物塑造独具匠心，心理描写精微细腻，作品中蕴含着深厚的历史理性和人文情怀，是欧美现代文学史上最伟大的小说家之一。我们精心选取翻译的这六部长篇小说、四部中篇小说和两辑短篇小说，是詹姆斯在他漫长、多产的文学生涯中不同时期所创作的最具代表性的优秀作品，希望我国读者对这位多才多艺的文学巨匠有更深入、更全面的认识和了解。

（一）长篇小说

《美国人》是詹姆斯第一部成功反映"国际题材"的长篇小说，描写英俊潇洒、襟怀坦荡、不善交际的美国富豪克里斯托弗·纽曼平生第一次游历巴黎时亲身经历的种种奇遇和变故。小说以纽曼对出身高贵、年轻漂亮的寡妇克莱尔·德·辛特雷夫人由一见钟情到热烈追求，到勉强订婚，直至幻想破灭、孑然一身返回美国的过程为主线，深刻揭示了封闭保守、尔虞我诈、人心险恶的欧洲与朝气蓬勃、乐观向上、勇于开拓创新的美国之间的差异和冲突。纽曼在亲眼见证了欧洲文明灿烂美好的一面和阴暗丑陋的一面之后，终于明白，欧洲并不是他所期望的理想之地。

《美国人》是一部融合了喜剧和言情剧元素的现实主义小说。作者以优美鲜活的笔调和起伏跌宕的情节将巴黎的生活图景和世相百态淋漓尽致地展露在读者眼前。故事虽然以恋爱和婚姻为主线，但作者并没有刻意渲染两情相悦的性爱这一主题。纽曼看中克莱尔，只是因为她端庄贤淑，非常适合做他这样事业有成的富豪的配偶。至于克莱尔与她第一任丈夫（比她年长很多）之间究竟发生过什么，读者并不知情，作者也未过多描写她对纽曼的恋情。小说中唯一见钱眼开的诺埃米小姐是性感迷人的女性，但作者对她的描写也较含蓄，且多为负面。即使按维多利亚时代的伦理准则来看，詹姆斯在性爱问题上如此矜持的态度也令人困惑不解。美国公共电视网一九九八年再次将《美国人》改编拍摄为电视剧时，在剧情中添加了纽曼与诺埃米、瓦伦汀与诺埃米的性爱场面。

詹姆斯创作这部小说的初衷原本是为了回应法国剧作家小仲马的《外乡人》[①]，旨在告诉读者：美国人虽然天真无知，但在道德情操方面远高于阴险奸诈的欧洲人。小说中所塑造的主人公纽曼是一位充满自信、勇于担当、三十岁出头的美国人，他的诚实品格和乐观精神代表着充满活力、蓬勃向上的美国形象，因而深

---

① 小仲马剧作《外乡人》(L'Étrangère, 1876) 中所展现的美国人大多为缺少教养、粗野无礼、声名狼藉的莽汉。

受历代美国读者的青睐。纽曼与克莱尔的弟弟瓦伦汀·德·贝乐嘉之间的友谊描写得尤为真挚感人，作者对巴黎上流社会生活方式的描摹也栩栩如生，令人回味无穷。在当今语境下读来，《美国人》依然散发着清新的艺术魅力，比詹姆斯的后期作品更易接受。

《一位女士的画像》是詹姆斯早期创作中最具代表意义的经典之作，描写年轻漂亮、活泼开朗、充满幻想的美国姑娘伊莎贝尔如何面对一系列人生和命运的抉择，最终受骗上当，沦为老谋深算的奸宄之徒的牺牲品的悲情罗曼史。伊莎贝尔在父亲亡故后，被姨妈接到了伦敦，并继承了一大笔遗产。她先后拒绝了美国富豪卡斯帕·古德伍德和英国勋爵沃伯顿的求婚，却偏偏看中了侨居意大利的美国"艺术鉴赏家"吉尔伯特·奥斯蒙德，不顾亲友的告诫和反对，一意孤行地嫁给了他。但婚后不久，她便发现，丈夫竟然是个自私、贪财、好色、心胸狭窄的猥琐小人，"就像花丛中隐藏起来的毒蛇"，奥斯蒙德与她结婚只是为了得到她所继承的七万英镑的遗产。她继而又发现，他们这桩婚姻的牵线人梅尔夫人原来是奥斯蒙德的情妇，还生了一个女儿（潘茜），而且梅尔夫人和奥斯蒙德正在密谋策划利用伊莎贝尔把潘茜嫁给沃伯顿。伊莎贝尔阻止了他们的阴谋。她本可逃出陷阱，因为沃伯顿和古德伍德仍深爱着她，但她还是强忍内心的痛苦，对外人隐瞒了自己不幸的婚姻，毅然返回了罗马。

《一位女士的画像》展现的依然是詹姆斯历来所关注的欧美

两地的文化差异和冲突，并深刻探究了自由、责任、爱恋、背叛等伦理问题。天真无邪、向往自由和高雅生活的伊莎贝尔尽管继承了一大笔遗产，却没能躲过工于心计的奥斯蒙德和梅尔夫人设下的圈套，最终失去了自由，"被碾碎在世俗的机器里"[①]。故事的结尾尤为引人深思：伊莎贝尔在得知真相后仍毅然返回罗马的举动，究竟是为了信守婚姻的诺言而做出的高尚的自我牺牲，还是为了兑现她对潘茜所作的承诺，要拯救她所疼爱的这个继女脱离苦海，然后再与奥斯蒙德离婚？这个悬念给读者留下了无限的思索空间。

在这部小说中，詹姆斯将心理分析推向了新的高度。他将大量笔墨倾注在人物的内心世界，着重描写人物的理想、愿望、思绪、动机、欲望和冲动，人物的行为则是这些思想和意识活动的结果和外化，人与人之间的关系和故事情节的发展变化也是通过这一中心人物的思维活动表现出来的。读者只有在伊莎贝尔彻底认清她丈夫的本质后，才对奥斯蒙德和梅尔夫人的真实面目有了全面的了解，而伊莎贝尔也在层层递进的内省和反思中获得了对周围世界的感知，在心理和性格上逐渐走向了成熟。詹姆斯对人物内心世界的探索（尤其在第四十二章中）采用的是理性的内心独白，既没有突兀的变化，也没有时空倒错，不同于后来的意识流写法。此外，他善用精湛的比喻来描绘人物的心理，这些比喻

[①]　董衡巽：《美国文学简史》，北京：人民文学出版社，2003年，第141页。

十分贴切，具有艺术形象的完整性，而且与故事情节密切联系，优美流畅的语言和对欧洲风情的生动描写也使经受过詹姆斯冗长文体考验的读者格外喜爱这部小说。如果说詹姆斯是心理现实主义小说的创始人，那么《一位女士的画像》则是心理现实主义小说的典范。

《华盛顿广场》主要讲述的是憨厚、温柔的女儿凯瑟琳与她那才气横溢、感情冷漠的父亲斯洛珀医生之间的分歧和冲突。小说以第三人称全知叙事视角审视了凯瑟琳的一生。凯瑟琳是一个相貌平平、才智一般、纯洁可爱的姑娘，始终生活在与她最亲近的人的利己之心的团团包围之中：她的恋人莫里斯·汤森德只觊觎她的万贯家财；她的姑妈只会爱管闲事地乱点鸳鸯谱；她的守护神父亲则用讽刺挖苦和神机妙算来回报女儿对他的热爱和钦佩之情。故事以凯瑟琳出人意表地断然将莫里斯拒之门外而告终。

《华盛顿广场》是一部结构紧凑的悲喜剧。故事最辛辣的讽刺是英明干练、功成名就的斯洛珀医生对莫里斯的准确评判，以及他为保护涉世未深的爱女而阻挠这桩婚事所采取的严厉措施。倘若斯洛珀看不透莫里斯是个游手好闲的恶棍，他骗财骗色的行为未免会落于俗套。斯洛珀虽然头脑敏锐，智略非凡，但自从他那美丽聪慧的妻子去世后，他就变成了一个冷漠无情、清心寡欲的人。凯瑟琳终于渐渐成熟起来，能实事求是地看待自己的处境：从她自己的角度来看，在她的人生经历中，重要的事实是莫里斯·汤森德玩弄了她的爱情，还有她的父亲隔断了她爱情的源泉。没有什么能够改变这些事实，它们永远都在那儿，就像她的姓名、年龄和平淡无奇的容貌一样。没有什么能够消除错误或者治愈莫里斯给她造成的创伤，也没有什么能够使她重新找回年轻时代对父亲怀有的情感。她虽不及父亲那样出色，但她学会了擦亮眼睛看世界。

《华盛顿广场》张弛有度的叙事技巧、晓畅优雅的语言风格、对四个主要人物形象鲜明的刻画，历来深受读者喜爱，甚至连围绕着"遗嘱"而展开的老套、简单的故事情节都盎然有趣，耐人寻味。凯瑟琳由百依百顺成长为具有独立精神和智慧的女性的过程，是这部小说的一大亮点，赢得了评论家和读者的普遍赞誉。尽管詹姆斯自己对这部小说不太满意，没有将它编入"纽约版"《选集》，但它一直是詹姆斯最脍炙人口的佳作之一，曾多次被改编拍摄成舞台剧、电影和电视剧。

《鸽翼》描写的是一场畸形的三角恋爱。女主人公米莉·西雅尔是一位清纯美丽的美国姑娘，是庞大家族巨额财产的唯一继承人，因身患不治之症来欧洲求医和散心。英国记者默顿·丹什和凯特·克罗伊是一对郎才女貌、倾心相爱的英国情侣。因苦于没钱而不能成婚，凯特竟策划并唆使默顿去追求米莉，以图在她死后继承遗产。米莉在得知他们的阴谋后在意大利凄凉去世，但她在临终前还是原谅了他们，把全部财产给了默顿。事实上，默顿在米莉高尚品质的感化下已逐渐悔悟，虽然继承了米莉的遗产，却无法再与凯特共同生活下去。这部扣人心弦的小说揭示了人在面对爱情与金钱、真诚与背叛、生与死等伦理问题时所经受的严峻考验和他们最后的抉择。

《鸽翼》是詹姆斯后期作品中最受欢迎的经典之一。小说通过对人的内心世界深入细致的剖析，尤其是米莉对围绕在她身边的各色人物所具有的感化力，将男女主人公塑造得活灵活现、真实可感，令人不得不紧张地关注他们各自的命运和归属。米莉丰富细腻的心理活动，很像多愁善感的林黛玉，米莉客死他乡的场景与林黛玉魂归离恨天的情景也颇为相像，凯特也颇似工于心计的薛宝钗。据说连素来不太喜欢詹姆斯作品的英国名作家弗吉尼亚·伍尔夫也对这部小说十分青睐，一口气读完了《鸽翼》，并因此大病一场①。美国"现代文库"于一九九八年将《鸽翼》列为"二十世纪百部最佳英语小说"第二十六位。

《金钵记》是詹姆斯后期作品中最受评论界关注的"三部曲"之一。小说以伦敦为背景，描写一对美国父女与他们各自的欧洲配偶之间错乱的人伦关系，全面透彻地审视了婚姻、通奸等伦理问题。故事中这位腰缠万贯、中年丧偶的美国金融家和艺术品收藏家亚当·魏维尔和他的独生女玛吉都具有十分高尚的道德情操，而且心地纯洁，处事谨慎。他们在欧洲分别结婚后，却发现继母夏洛特和女婿阿梅里戈（破落的意大利王子）之间早就存在不正常的关系。父女两人不露痕迹地解决了这个矛盾：亚当把妻

---

① 刘海平、王守仁：《新编美国文学史》（第二卷），上海：上海外语教育出版社，2002年，第84页。

子带回美国；阿梅里戈发现自己的妻子具有这么多的美德，从此对她相敬如宾。小说高度戏剧化地再现了婚姻生活中令人难以承受的各种重压和冲突，颂扬了这对父女在自我牺牲中所表现出的哀婉动人的单纯和忠诚。

《金钵记》的篇名取自《圣经·旧约全书·传道书》第十二章：银链折断，**金罐**破裂，瓶子在泉水旁损坏，水轮在井口破烂，尘土仍归于地，灵仍归于赐灵的上帝。传道者说，虚空的虚空，凡事都是虚空。①从广义上说，《金钵记》是一部教育小说：玛吉由幼稚纯真的少女逐渐成长为精明强干的女性，并以巧妙的手段解决了一场随时有可能爆发的婚姻危机，因为她已清醒地认识到自己不能再依赖父亲，而应承担起成年人应尽的职责；阿梅里戈虽然是一个见风使舵、道德败坏的欧洲破落贵族，但他由于玛吉忍辱负重地及时挽救了他们的婚姻而对妻子敬重有加；亚当尽管蒙在鼓里，但他对女儿的计策心领神会，表现得非常明智；夏洛特原为玛吉的闺蜜，是一个美丽迷人、自作聪明的女性，但她最终却不再泰然自若，反而变得利令智昏。詹姆斯对这四个人物特色鲜明的刻画，尤其对玛吉和阿梅里戈意识活动深刻、精湛的描述和分析，赋予了这部小说以强烈的艺术感染力和对幽闭恐怖症的特殊感受。故事中的许多场景和人物对话均显示出詹姆斯最成熟的叙事艺术，能给读者带来情感冲击力和美学享受。美国

---

① 《圣经·旧约全书·传道书》第 12 章第 6—8 节。

"现代文库"于一九九八年将《金钵记》列为"二十世纪百部最佳英语小说"第三十二位。

《**专使**》是一部颇有黑色幽默意味的喜剧，是詹姆斯后期重要代表作之一，描写主人公兰伯特·斯特雷特奉其未婚妻纽瑟姆夫人之命，前往巴黎去规劝她"误入歧途"的儿子查德回美国继承家业的过程。斯特雷特来到欧洲，完全被"旧世界"的文化魅力所打动，继而发现查德与其情人玛丽亚的交往并不像他母亲所说的那样有伤风化，查德在这位法国女人的影响下，已由粗鲁的少年成长为举止儒雅、文质彬彬的青年。这位"专使"非但没有劝说查德回国，反而谆谆嘱咐他"不要错过机会"，继续在法国"尽情地生活下去"。这与斯特雷特所肩负的使命和查德母亲的愿望恰恰相反，于是，她又增派了几个专使来到巴黎，其中一个是能够吸引查德的美少女，第二批专使似乎能完成这一使命。最后，斯特雷特只身返回了美国。

如果说《鸽翼》和《金钵记》颂扬的是美国人的单纯、真诚和慷慨大度，表现了美国人的道德情操远胜于欧洲人的世故奸诈，那么《专使》的主题则相反，表现的是具有深厚文化素养的欧洲人远胜于庸俗、急功近利、物质利益至上的美国人。詹姆斯在"纽约版"前言中称《专使》是他"从各方面讲都最完美的作品"，这不仅就主题思想而言。这部小说始终贯彻了詹姆斯著名的"视角"（Point of View）论，以斯特雷特的"视角"展开，以这位"专使"为"意识中心"，其他人物的性格特征和故事的发展进程都通过他的视野呈现出来，作者则隐身在幕后，读者的了解和感悟跟随着这个中心人物的了解和感悟。这种写法突破了传统小说的"全知叙事视角"，对二十世纪的小说创作产生了很大影响。《专使》也突出表现了詹姆斯的文体特色：句子结构形式多样，比喻和象征俯拾皆是，人物的对话富有戏剧意味，但詹姆斯在力求精细、准确地反映内心深处的思想感情的同时，文句也越写越冗长，附属的从句和插入的片语芜杂曲折，读者须细细品味，方可厘清来龙去脉，揣摩出蕴藏在字里行间的悬念和韵味。《专使》自出版以来，一直深受评论家的广泛关注。美国"现代文库"于一九九八年将这部小说列为"二十世纪百部最佳英语小说"第二十七位。

（二）中篇小说

《**黛西·米勒**》是詹姆斯的成名作，描写清纯漂亮、活泼可爱的美国姑娘黛西·米勒在欧洲游历、最终客死他乡的遭遇。黛西天真烂漫、热情开朗，然而她不拘礼节、落落大方地出入于社交场合和与男性交往的方式，却为欧洲上流社会和长期侨居欧洲的美国人所不能接受，认为她"艳俗""轻浮"，"天生是个俗物"。但故事的叙述者、爱慕黛西并准备向她求婚的旅欧美国青年温特伯恩却对"公众舆论"不以为然。黛西死后，温特伯恩参加了她的葬礼，并了解到黛西虽然与"不三不四"的意大利人来往，但她本质上是一个纯洁无瑕、心地善良的好姑娘。小说真实展现了欧洲风尚与美国习俗之间的矛盾冲突，鞭辟入里地揭露了任何传统文化中都司空见惯的种种偏见，并力图对所谓的品德教养做出公正的评判。

《黛西·米勒》既可视为对一个怀春少女的心理描写，又可视为对社会传统观念的深入分析，不谙世故的黛西其实就是"社会舆论"的牺牲品。小说将美国人的天真烂漫与欧洲人的老于世故进行了对比，以严肃的笔调审视了欧美两地的社会习俗。小说优美流畅的语言代表着詹姆斯早期的文体特色，男女主人公的名字也具有象征意义：黛西（Daisy）原意为"雏菊"，象征"漂亮姑娘"，故事中的黛西也宛如迎风绽放的鲜花，无拘无束，洋溢着青春的气息，而温特伯恩（Winterbourne）的原意是"间歇河，冬季多雨时节才有水流而夏季干涸的小溪"。鲜花到了冬季便香消陨灭，黛西后来果然在温特伯恩与焦瓦内利正面交锋之后不久在罗马死于恶性疟疾。詹姆斯虽然一生未婚，却很擅长写女性，对女主人公的形象和心理的描写非常娴熟。这部小说一出版便赢得了空前广泛的赞誉，成为后来各类小说选集的首选作品之一，并多次被改编拍摄为电影、广播剧、电视剧和音乐剧。

《伦敦围城》描写一位向往欧洲文明的美国佳丽试图通过婚姻跻身于英国上流社会的坎坷经历。故事的女主角南希·黑德韦是个野心勃勃、意志坚定、行事果敢的女子，尽管有过多次结婚、离婚的辛酸史，但她依然风姿绰约，性感迷人，是"得克萨斯州的大美人"。她竭力掩盖自己不堪回首的往事，施展各种手段向英国贵族阶层发起了一次次进攻，终于俘获了涉世未深的英国贵族青年亚瑟·德梅斯内的爱情。德梅斯内的母亲始终怀疑这个未来的儿媳是个"不正经的女人"，千方百计地想查清她的身世和来历。然而知道内幕的人只有南希的美国朋友利特尔莫尔，但他对此讳莫如深，没有泄露她不光彩的隐私。南希向来对人生的各种机缘持非常现实的态度，而且一旦认准目标就勇往直前。她深知亚瑟是她跻身欧洲上流社会的最后机会，便处心积虑地实施着她的既定计划。亚瑟终于正式与她订婚，两人即将走向婚姻的殿堂。

《伦敦围城》是詹姆斯早期作品中优秀的中篇小说之一。作者以幽默的笔调讽刺了英国上流社会的生活方式和浮华之风，展现了思想开放的美国人与封建保守的英国人之间的道德和文化冲突。故事画龙点睛的一大看点是：尽管利特尔莫尔自始至终都在维护南希的名声，对她的罗曼史一直守口如瓶，但他最终还是出人意料地向德梅斯内夫人透露了实情。他这样做只是想给傲慢、势利的英国贵族阶层一记具有爱国情怀的沉重打击，但他并没有明说，也非心怀歹意，他只是告诉德梅斯内夫人，即使她知道了真相，也于事无补。

《在笼中》是一篇构思奇崛的中篇小说，故事的女主人公是一个不具姓名的英国姑娘，在伦敦闹市区的一家邮政分局担任报务员。她的工作地点虽为"囚笼"般的发报室，但她常常可以从顾客交给她发报的措辞隐晦的电文中破译出他们不可告人的隐私，窥看到上流社会各种鲜为人知的风流韵事。久而久之，这位聪慧机敏、感情细腻、记忆力超强、想象力丰富的报务员终于发现了一些她本不该知道的秘密，并身不由己地"卷入"了别人的爱情风波。她最终同意嫁给她那个出身于平民阶层的未婚夫马奇先生，是她对自己亲身体验过的那些非同寻常的事件深刻反省的结果。

《在笼中》所塑造的这位女主人公堪称詹姆斯式的艺术家的翻版：她能从顾客简短含蓄的电文里捕捉到常人难以察觉的蛛丝马迹，从中推断出他们私生活的具体细节，并以此为线索，勾勒出一个个错综复杂、内容完整的故事，这与詹姆斯常根据他从现实生活中捕捉到的最幽微的启发和联想创作出鲜活有趣的小说的本领颇为相似。这篇故事的主题并不在表现阶级冲突，而在于女主人公终于认识到，上流社会的青年男女也都是活生生的人，并不像她在廉价小说中所看到的那么美好。作者通过对这位不具姓名的报务员细致入微、真实可感的描绘，准确传神地再现了一个劳动阶层女性的形象，并对她寄予了深厚的同情，赢得了读者和评论家们的普遍赞誉。《在笼中》的叙述手法与《螺丝在拧紧》有异曲同工之妙，但对女主人公的塑造更立足于现实生活。

《螺丝在拧紧》是一篇悬念迭起、令人毛骨悚然的哥特式小说。故事的主体是一个不知姓名的年轻家庭女教师生前遗留的手稿，由一个不具姓名的叙述者听朋友讲述这份手稿引入正题。这位家庭女教师在其手稿中记述了自己如何在一幢鬼影幢幢的乡村庄园与一对恶鬼周旋的恐怖经历。她受聘来到碧庐庄园照料迈尔斯和芙洛拉这两个小学童，却看到两个幽灵时常出没于这幢充满神秘气氛的古庄园。她怀疑这对幽灵就是奸情败露、已经死去的男仆昆特和前任家庭女教师杰塞尔的亡魂，意在腐蚀、毒害这两个天真无邪的孩童。随着怀疑的加深，她继而又发现两个幼童似乎与这对恶鬼有相互串通的迹象，她自己也撞见过这两个恶鬼，这使她越发相信，事情已经到了危急关头。但女童芙洛拉却矢口否认见过女鬼杰塞尔，而且显然已精神失常，只好被送往她在伦敦的叔叔家去。家庭女教师为了护佑男童迈尔斯在与男鬼昆特交锋时，却发现这孩子已经死在了她的怀里。

《螺丝在拧紧》是詹姆斯最著名的一部哥特式小说或志怪故事。在这部小说中，詹姆斯再次对他笔下女主人公的心理和意识活动进行了深入细腻的探究，家庭女教师所看到的鬼魂其实是她在意乱情迷之中所产生的一系列幻象，并试图把这些幻觉强加给她周围的人。詹姆斯素来对志怪小说情有独钟，但他并不喜欢传统文学作品中囿于俗套的鬼怪形象。他描写的鬼魂往往是对日常现实生活中奇异诡谲的现象的延伸，具有强大的艺术张力，能够使读者有身临其境之感，甚至能左右读者的心灵。在叙事手法上，詹姆斯突破传统写法，采用了一个"不可靠叙事者"，拉近了作者、作品和读者三者之间的距离，书中所留有的许多空白可让读者根据其自身的人生经历和阅读体验去填补，因而故事可以

有不同的解释。这也是这部小说自出版以来一直备受各派评论家
争议的原因之一。

（三）短篇小说

詹姆斯认为中短篇小说是一种"无比优美"的文学样式。能
否把多元繁博的创作思想和内容纳入这种少而精的叙事类型，简
约凝练地再现出人类千姿百态的生活场面和深藏若虚而又波澜壮
阔的内心世界，无疑是对作家诗学功力的一种考量或挑战。詹姆
斯在他漫长的文学生涯中一直都在孜孜以求地探索中短篇小说的
写作技艺，他的艺术造诣和所取得的成就几乎达到了前无古人的
高度，并对后来的作家产生了深远的影响。此外，他的中短篇小
说往往也是对他的长篇小说的印证或补充，大都先行发表在欧
美大型纯文学刊物上，再经他反复修润、编辑后，才汇集成册
出版。

我们选译的这十八篇短篇小说均为詹姆斯在不同时期所创作
的具有代表性的名篇佳作。就故事性而言，这些短篇小说有的以
情节取胜，有的则以描写人物的心理和意识活动见长；在主题思
想上，这些篇目有的歌颂圣洁的爱情和人性的美德，有的描写美
国人与欧洲人在文化修养和价值取向上的巨大差异，有的讽刺和
批判欧洲上流社会的世俗偏见和势利奸诈；有的揭示成人世界的
罪恶对纯真烂漫的儿童产生的不良影响或摧残，有的反映作家或
艺术家的孤独以及他们执着追求艺术真理的献身精神，有的刻画

受过高等教育而富有情操的主人公在左右为难的困境中表现出的
虚弱和无能为力，有的描写理想与现实、物质与精神之间难能取
舍的困惑；在艺术表现手法上，这些作品有的洗练明快、雅驯幽
默，有的笔锋犀利或刚柔并济，有的则细腻含蓄、用典玄奥、繁
芜复杂，甚而有偏离语言规范之嫌。这些短篇小说与他的长篇小
说交相辉映，体现了詹姆斯的创作题材和叙事风格的多样性、实
验性和现代性，表现了他对社会生活和时代特征的整体性透视与
评价，每一个具体场景的展现都确切灵动地反映了他对人的本性
和生存环境的洞察力和他所寄予的关怀，能使读者获得启迪和美
的享受。

四　亨利·詹姆斯批评接受史简述

毫无疑问，亨利·詹姆斯是欧美现代作家群体中写作生涯最
长、著述最丰厚也最具影响力的一位文学巨匠。但长期以来，他
的作品及其影响主要在受过良好教育、趣味高雅的读者和评论家
范围内，不如马克·吐温那样雅俗共赏。学术界对他也各执其
说，莫衷一是。

詹姆斯去世后，美国有些左翼批评家对他的创作活动颇有诟
病，尤其不赞成他晚期作品中的思想倾向，认为他的小说是美国
垄断资产阶级的精神产物，他的创作素材主要取自他所熟悉的上
层社会，他的作品大多描写的是新兴的美国富豪及其子女在欧洲
受熏陶的过程。美国传记作家兼文学批评家布鲁克斯在赞许詹姆

斯的艺术成就的同时，也对他长期侨居欧洲、最终加入英国国籍
的做法大为不满，认为他的后期作品佶屈聱牙、左支右绌，是由
于他长期脱离美国本土所致①。但美国文学评论家豪威尔斯则认
为詹姆斯是"新现实主义文学流派的杰出代表……他在小说艺术
上与狄更斯和萨克雷为代表的英国浪漫传统分道扬镳，创立了
他自己独具一格的样式"②。英国文学批评家利维斯极为赞赏詹姆
斯的《一位女士的画像》和《波士顿人》，并称赞他是"举世公
认、成就卓著的小说家"③。詹姆斯独特的语言风格，尤其是他后
期繁缛隐晦、欲说还休的叙事话语，历来是评论家们众说纷纭的
话题。例如，英国小说家 E.M. 福斯特就极不赞成詹姆斯在作品
中对性爱和其他颇有争议的问题过于谨慎的处理方法，对他后期
过分倚重长句和大量使用拉丁语派生词的做法也不以为然④。王
尔德、伍尔夫、哈代、H.G. 威尔斯、毛姆等英国作家也都批评
过他空泛而又细腻的心理描写和艰涩难懂的文风，甚至连他的红
颜知己伊迪丝·华顿也认为他的作品中有不少片段令人不堪卒
读⑤，但斯泰因、庞德、海明威、菲茨杰拉德等美国作家却对他
称赞有加。美国文学评论家埃德蒙·威尔逊认为："倘若我们撇

① Van Wyck Brooks: *The Pilgrimage of Henry James*, New York: E.P. Dutton & Company, 1925, p. vii.
② Paul Lauter: *A Companion to American Literature and Culture*, MA: Wiley-Blackwell, 2010, p.364.
③ Frank Raymond Leavis: *The Great Tradition*, New York: New York University Press, 1969, p.155.
④ E. M. Forster: *Aspects of the Novel*, London: Penguin Books, 1980, pp.153—163.
⑤ Edith Wharton: *The Writing of Fiction*, New York: Scribner's, 1998, pp.90—91.

开题材和体裁的迥然不同，把詹姆斯同十七世纪的戏剧家们相比，我们就能更好地欣赏他的作品，他的文学观和表现形式与拉辛、莫里哀，甚至莎士比亚是相通的。"①英国小说家康拉德则盛赞他是"描写优美、富有良知的史学家"②。

英国当代著名语言学家利奇和肖特以詹姆斯的短篇小说《学生》为例，深入讨论了他的作品的思想性和文体艺术特色，发现"詹姆斯更关注人的生存价值和相互关系……似乎更愿意使用非常正式、从拉丁语派生出来的语汇……詹姆斯的句法是奇特的，同时也是有意义的，需要联系作者对心理现实主义的关注加以评估。作者试图捕捉'丰富、复杂的心理时刻及其伴随条件'……詹姆斯对不定式从句的使用尤其引人瞩目……由于不定式从句的所指往往不是事实，所以詹姆斯更多地用来编制心绪之网的，并不是已知的事实，而是可能性和假设"③。他们对詹姆斯文体风格的精湛分析同样也适用于评析他的其他作品。

事实上，自美国"第二次文艺复兴"，尤其是"新批评"流派出现后，评论界已开始重新认识詹姆斯，给予了他很高的评价，尊奉他为"作家中的作家"，是心理现实主义小说大师，是过渡到现代主义文学的一座桥梁。就思想性而言，詹姆斯在创作

---

① Lewis Dabney, ed. *The Portable Edmund Wilson*, London: Penguin Books, 1983, pp.128—129.
② 《中国大百科全书·外国文学》第二卷，北京：中国大百科全书出版社，1982年，第1241页。
③ Geoffrey N. Leech and Michael H. Short: 《小说文体论：英语小说的语言学入门》(*Style in Fiction: A Linguistic Introduction to English Fictional Prose*)，北京：外语教学与研究出版社，2001年，第97—111页。

中的价值取向始终是颂扬人的善良与宽容，始终把优美而淳厚的道德品质和自由精神置于物质利益甚至文化教养之上。从艺术创作角度说，他一反当时盛行的粉饰和美化生活的浪漫小说，把人性的优劣和善恶作为对比，探索人的心理活动的复杂性。他的作品反映了具有深厚文化教养的知识分子的人文主义倾向，而不是人们所熟悉的对劳苦大众的人道主义同情。他的语言风格与他所要表现的内容、与他本人的思想境界和审美取向也是一致的，他力求以这种方式精微、准确、恰如其分地揭示和反映人的心灵深处最真实的思想和情感。如今，人们对这位文学大师的研究兴趣仍在与日俱增。

五 继往开来的一代宗师

亨利·詹姆斯的创作上承欧美现实主义、自然主义和超验主义，下启欧美现代主义，是现代文学史上继往开来的一代宗师。他不仅精通小说艺术，而且致力于小说艺术的革新。他创造性地拓展了传统小说的表现形式，使小说叙事实现了由“物理境”（Physical Situation）向“心理场”（Psychological Field）的转入，成功开辟了小说创作的新天地，同时也在现代小说的叙事方法和语言风格上烙上了他独特的印记。他破解了旅欧美国人的神话，并以工细的笔触将这种神话具象化地再现在他众多的“国际小说”中。他通过对人的内心世界和意识活动的深湛分析和描摹，为读者创造了一个心理现实与客观现实交互映射的艺术世界。

　　詹姆斯不仅是一位卓越的小说家和语言艺术家，也是一位富有真知灼见的文学批评家。他强调文学创作要坚持真善美的统一。他主张作家在表现他们对历史和现实的看法时应当享有最大限度的自由。他认为小说文本首先必须贴近现实，真实再现读者能够心领神会的生活内容。在他看来，优秀的小说不仅应当展现（而不是讲述）动态的社会风貌和生活场景，更重要的是，应当鲜活有趣、引人入胜，能使读者获得具有美学意义的阅读快感。他倡导作家应当运用艺术化的语言去挖掘人的心理和道德本性中最深层的东西。他认为一部作品的优劣与否，完全取决于作者的优劣与否。他在《论小说的艺术》等一系列专论中提出的很多富有创造性的观点丰富和发展了欧美文学创作和文学批评，具有重要的理论意义和深远影响。他率先提出并运用在自己的创作实践中的"意识中心"论、"叙事视角"、"全知视角"、"不可靠叙事者"等文学批评术语，已成为当代叙事学的组成部分。我们在当今文化语境下重读詹姆斯的作品，更能深切体味到这位文学大师的创作观、人文情怀、审美取向、伦理精神，以及他独特的语言艺术的魅力，并能从中参悟人生，鉴往知来。

2019 年 2 月 15 日

翻译底本说明

中篇小说《黛西·米勒》于一八七八年六至七月间以连载形式首次发表于英国《康希尔杂志》(*Cornhill Magazine*)，其时小说名为《黛西·米勒：一部纪实作品》(*Daisy Miller：A Study*)。一八七九年，美国哈珀兄弟出版公司(Harper & Brothers)在纽约出版了本小说的单行本，小说名改为《黛西·米勒》。同年，英国麦克米伦出版公司(Macmillan)将这部小说与亨利·詹姆斯的两部短篇小说以合集形式在伦敦出版，小说名仍为《黛西·米勒：一部纪实作品》。一九〇九年，亨利·詹姆斯对这部小说进行了大幅修订，并将其收入由他本人亲自编订的二十四卷本小说作品集(即"纽约版")中出版，出版时小说名被改定为《黛西·米勒》。

尽管一九〇九年"纽约版"是作者钦定版本，但多数现代研究者认为"纽约版"《黛西·米勒》文学品质较之初版为差，因此"企鹅经典""美国文库"等经典文学丛书在收录该小说时多采用一八七九年版而非一九〇九年"纽约版"版本。本译本系从"企鹅经典"二〇〇七年版《黛西·米勒》译出(其所用底本为一八七九年英国版)，译名则按国内惯例沿用"纽约版"定名。

黛西·米勒 [①]

第一章

 瑞士有一小镇名为沃韦 [②]，沃韦有处客栈甚是适意。只因此地营生大多仰赖观光客，镇中旅馆着实不可胜数。游人纷纷，多半记得此地临湖，印象中总会留着那茫茫幽碧，墨青水色，莫可名状，任谁到此都不应错过。沿湖起楼阁，其比如栉，各显风格：有足具新潮风范的"大公馆"，门面素白，坐拥百顶露台，高楼之上，十几面旗帜飘飞招展；也有瑞士昔日的膳宿小公寓，店招錾于或粉红或鹅黄的墙壁上，书写章法颇似德语，花园一隅还立着个不合时宜的凉亭。可在沃韦，独有一家客栈名声显赫，称其旷世老店也并不为过，带着一身奢华气韵，透着阅尽人事的泰然气度，令其从周遭的一片新贵楼宇中脱颖而出。每逢六月，美国游客便拥至此处；甚或可言，此时的沃韦与美国的海水

---

① 1878 年首版及 1879 年英国版出版时，小说标题《黛西·米勒》后还有一个副标题 "一部写实作品"（A Study），在 1909 年的版本中，亨利·詹姆斯弃用了这个副标题。本书沿用国内惯用的标题《黛西·米勒》，虽译入文本采用的是 1879 年英国版。（以下注释，除特殊标注外，皆为译者参考"企鹅经典"2007 年版所列注释添注）

② 沃韦（Vevey），位于日内瓦湖畔的度假小镇。詹姆斯于 1873 年曾客居于此，还曾至西庸古堡一游。

浴场倒有几分相似。光影入目，音声入耳，往日景象历历在目，终又唤起畴昔的回声，不时让人仿如回到新港或萨拉托加 [①]。此处彼处，总有"冲在时尚浪尖上"的年轻女郎款步轻盈，轻纱纺的荷叶边窸窣作响，晨光里舞曲泠泠，高音整日洋洋盈耳。在"三顶皇冠"这样华贵的旅店，耳闻目睹间，便易湎于幻想，恍如置身海洋之家或国会大厦 [②]。可"三顶皇冠"的景色却又比这两处多出几分，这多出的几分令其意境全殊：德国侍者衣冠整素，神韵宛若公使馆秘书；萋萋花园中，幽坐着俄国公主；波兰小男孩四处游荡，家庭教师伴其左右、牵手相随。身在此处，还可尽览登特·杜·米迪山峰上皑皑白雪，远观西庸古堡塔群如画。[③]

在一位年轻的美国人心中，究竟是相似更胜一筹，还是迥异占了上风，我无从知晓。两三年前，这位美国人坐在"三顶皇冠"的花园里，悠然环顾四周，欣赏着方才提到的种种嘉物。夏日正旖旎，晨光杲杲，不论这位美国青年怀着何种心念，他眼中的风光却尽醉人心。前一日，为了看望在此处下榻的姑妈，他乘小汽船自日内瓦来到此地 [④]。日内瓦才是他的久居之所。可适逢今日，姑妈的头痛病犯了——头痛几乎常年与之相伴——此时，

---

① 新港（Newport），位于罗德岛，是大西洋上颇为时尚的海滨度假场所；萨拉托加（Saratoga），位于纽约州北部，乃一热门的温泉胜地。

② 海洋之家与国会大厦分别是位于新港和萨拉托加的大酒店。

③ 登特·杜·米迪山峰是位于阿尔卑斯山脉的一座高山，山峰嶙峋高耸。西庸古堡为一座中世纪城堡，建于距日内瓦湖岸不远的小岛上，岛上遍布岩石，因拜伦诗作《西庸的囚徒》闻名遐迩。

④ 日内瓦湖位于日内瓦的西北方向，亨利·詹姆斯曾于1859—1869年间在此地求学。其时，他的兄长威廉在此处读大学。

她正嗅着樟脑，将自己关在房中。如此一来，他便得了闲，四处逍遥。这个年轻人二十七岁上下。友人若谈及他，总会称他在日内瓦"研习"。若是仇敌论及他——可他终究并无仇敌，他一向是个淑人君子，为人所爱——我想表述的不过是，提及他时，总有人言之凿凿，说他任岁月更迁，依然在日内瓦流连不去，只因一人之故：一位居于日内瓦的异国女郎，这位女郎已颠其魂倒其魄——此人据说比他年长。只有寥寥几位美国人——其实依我所见，并无一人——曾目睹此佳人芳容，她的传奇掌故倒是四处流传。不过，温特伯恩对那个加尔文教的小教区①有种悠远的依恋：幼时便在彼处求学，之后又在那里读了大学——此番经历下，他便得以在那片土地上广交年少挚友。至今，他与这些友人都未曾疏索，彼此依旧情意酽酽，这份情谊已成了他莫大的欣悦。

叩门后，得知姑妈今日不适，他便在城中漫游，转回来吃早餐。此时，朝食用罢，却还有一小杯咖啡待品酌。方才侍者将咖啡摆在花园的小桌上，眉眼间流露出大使馆专员的风范。一时咖啡喝尽，他燃起一支烟。不多时，忽见小径尽头走来一个男孩——一个小淘气，九岁或十岁的光景。这孩子身量较同龄人稍小，面容却已显沧桑，脸色苍白，五官精致分明。他下着灯笼裤，脚蹬红色高筒袜，这副打扮更是突出了那一双小细腿瘦得可

① 指日内瓦。法国新教教徒约翰·加尔文自法国逃至日内瓦后，将其变为加尔文派极具影响力的教派中心。

怜；脖子上还挽着个艳红的领结，手中握着根长长的登山杖，走到哪儿都要先用尖头戳上一番——花坛、花园的长椅、女士的裙裾。待走到温特伯恩近前，他停住脚步，用一双明亮且锐利的小眼睛望着他。

"你能给我一块糖吗？"他问道，尖细的声音听来却也有力——声音虽显稚嫩，却不知何故，不存一丝乳气。

温特伯恩瞥了一眼身边的小桌子，上面摆着他的咖啡器具，还留着几块糖。"行啊，你拿一块吧，"他接着又说，"不过，在我看来，糖对小男孩，并非什么好东西。"

只见男孩上前一步，细细择出三块他觊觎的糖粒，其中两块被他埋进了灯笼裤的口袋中，旋即另一块也不知去向。他将登山杖当作长矛，戳进温特伯恩坐的长椅中，还一个劲儿用牙齿将糖块咬碎。

"哎呀，天哪，真——硬！"他叫道，吐出的形容词带着一种独特的口音。

温特伯恩立时便明了自己有幸和这孩子来自同一个国家。"当心别伤到牙齿。"他忙叮嘱着，蔼然若慈父。

"我可伤不到什么牙。我的牙呀，全掉光了。现在只剩七颗了。昨晚我妈刚数完，就又掉了一颗。她说我要是再掉牙，她就抽我。可我也没辙啊。全怪这个古老的欧洲。是这儿的天气让我那些牙可劲儿掉。在美国，我的牙就没掉过。都赖这些旅馆。"

温特伯恩着实被逗乐了。"你若是把那三块方糖吃光了，你妈妈肯定会抽你的。"他打趣道。

"那她可得给我点儿糖果吃,"这位年幼的谈话者口齿伶俐,"我在这儿连颗正经糖果都吃不上——什么美国糖都没得吃。美国糖是世上最棒的糖。"

"那美国小男孩当是世上最棒的男孩子吧?"温特伯恩逗弄道。

"那我就不得而知了。我就是个美国男孩。"孩子如实回答。

"我觉得你就是最棒的啦!"温特伯恩忍俊不禁。

"你可是美国人?"孩子追问道,难掩勃勃生气。待听得对方称是,他便信誓旦旦说:"美国人可是世上最好的!"

听得此言,他的同伴忙表了谢意;这工夫,那孩子正双腿跨在登山杖上,四下张望,嘴也没歇着,又攻击第二粒糖了。温特伯恩不免忖度,自己在孩童时,是不是也如他一般,他也是在这般年纪初到欧洲的。

过了半晌,孩子忽然叫道:"我姐姐来啦!"又说:"她可是个美国女孩。"

温特伯恩循着小径望去,见一曼妙佳人娉婷而来。"美国女孩当真是最好的女孩。"他对年幼的同伴说,难掩心中欢喜。

"我姐姐可算不上最好的!"孩子分辩说,"她总数落我。"

"那也多半因为你的不是,可并非是她的过错。"温特伯恩回应道。正说着,那位年轻女子已到近前。她身着白色薄纱,裙子上缀满荷叶花边,攒着淡色蝴蝶结。她没戴帽子,手中却擎着把硕大的阳伞，伞的边沿镶滚着各色装饰；而她这个人呢，简直是美得不可方物。"她们真乃人间尤物啊！"温特伯恩心下不免感叹，又在椅子上直起身，好似欲起身施礼。

年轻女子停步在他的长椅前，长椅置于花园的矮墙边，正可俯瞰湖面。小男孩这厢又将那根登山杖当作了跳高杆，在沙砾地上一气乱蹦，踢踏得尘土飞扬。

"伦道夫，"年轻女子喝道，"你在做什么？"

"我要登上阿尔卑斯山，"伦道夫如此回应，"就是这条路！"声音未落，他便又前后蹦跳，碎石在温特伯恩的耳边飞迸。

"那可是下山的路啊。"温特伯恩逗趣着。

"他是个美国人呢！"伦道夫嚷道，声音尖细，听来颇有些刺耳。

年轻女子对这句感叹未置一词，眼睛却睨着她那弟弟。"哎哟，我觉得你倒是安静些好。"如此说罢，便不再做声。

温特伯恩心下自觉与对方也算是熟络了些，便起了身，缓步踱到女孩身边，手中烟蒂一扔。"我与这个小男孩也已熟识。"言语间莫不流露谦恭。他自是明悉日内瓦的风俗，年轻男子断然不可随意与年轻未婚女士攀谈，除非景况特殊；可当下是在沃韦，还有什么境遇能更特殊呢？——一个美国丽人悄然而至，在花园中立于你的面前。而这位美国丽人，听到温特伯恩的话，却只是轻轻瞥了他一眼，随后便转过头，眼光越过矮墙，停在湖面，又眺望对面的远山。他惴惴觉得自己似乎失了礼，却又立意不会就此溃败，反而要愈加大胆，更进一步。正当他踌躇着找话头时，年轻女子又回转身，望着小男孩。

"我倒想知道你从哪儿弄来那个杆子的。"她问。

"我买的！"伦道夫回应道。

"你不是想说你打算一路带着它到意大利吧？"

"是的，我要带着它去意大利！"孩子扬言道。

女孩扫了一眼自己的裙子，把几个蝴蝶结抚平，之后又观望起眼前的风景，停了半晌，才又说："哦，我觉得你该把它留在这儿。"

"你们要去意大利吗？"温特伯恩问，话中尽是向往。

年轻女子又瞥了他一眼。"正是，先生。"说罢便不再出声。

"那你们，嗯，打算翻越辛普隆山口^①吗？"温特伯恩确有些杌陧不安，只好又追问道。

"我不知道，"她答说，"好像是要越过什么山。伦道夫，我们要翻过哪座山？"

"去哪儿？"孩子问。

"去意大利。"温特伯恩接道。

"不知道，"伦道夫答说，"我可不想去意大利，我想回美国。"

"哎呀，意大利可是个极秀美的地方！"这位青年巧言相劝。

"那儿有糖吗？"伦道夫朗声问道。

---

① 辛普隆山口（Simplon Pass），阿尔卑斯山脉中连接瑞士与意大利的一处著名山口。

"但愿没有，"他的姐姐答说，"我觉得你吃的糖果已够多了，妈妈也是这般想法。"

"我已经很久都没吃过一块糖了——已经有一百个礼拜了！"男孩嚷着，依然跳下蹿上。

年轻女子凝神谛视身上镶缀的百道花边，又把缀带一一抚平；就在这当儿，温特伯恩斗着胆子将她细细打量了一番。他方才的局促感竟消失殆尽，因他发觉这女子根本未曾有纤毫的窘迫。她那娇媚的面容神色依旧，未起一丝波澜；足见她既未觉得他言辞造次，也并未心绪不宁。倘若听他讲话时，她的眼神望向别处，看似并未着意，那也不过是她的性情使然，举止习惯素来如此罢了。但随着他言语渐多，将此处彼处有兴味的景物逐一指予她看，而这些景物她之前竟全然不晓，她那双流盼的美目，便渐渐赏与他更多的流波。随即，他发现她的眼神直率，竟无丝毫闪躲。可这双眸子里也未含轻狂佻薄之意，只因眉目间尽是一片赤诚，可谓是清新俊逸。这倒真是一双秋水明眸；温特伯恩确乎已有很久未曾见过可与这位同胞丽人相媲美的景色了——她那凝脂玉肤，那鼻子耳朵，甚及她那如贝皓齿。欣赏丽色乃他平生一大乐事，他可是一向醉心于此；对于眼前这位年轻女子的容貌，他倒也知觉了八分。这面容并非全然毫无生气，却也绝非生机盎然；虽说这不过是星铢之憾，温特伯恩却在心里暗自责备——却又不无宽解——这副嫽俏之貌终是存了抹残缺败笔。他心下揣测伦道夫的这位姐姐怕是位卖弄风情的女子；他当然明白这位女子也自有其风骨，但在她那张明艳甜美的小脸上，神色往往流于表面，竟寻不见一丝的奚落讥嘲。不消一刻，他更是发现她倒是个健谈的人。她告诉他，这个冬天他们将去罗马——她，母亲，还有伦道夫三人。她问他，他当真是个"货真价实的美国人"吗？她觉得他可不像；他看上去倒更像德国人——她稍作迟疑才如此说，尤其若是他开口讲话，那就着实像了。温特伯恩开怀而笑，说他曾见过言谈颇似美国人的德国人；可据他的印象，倒还未曾遇见过像德国人的美国人。之后，他便问，她是否愿赏光在此小坐，就在他方才坐的长椅上。她说其实站着更合她心意，散步走动也很好；可她还是当即坐了下来。她说她来自纽约州——"你若是知道那地方"。刚说着，温特伯恩抓住了她那个到处乱窜的小不点儿弟弟，留他在身边站了几分钟，如此，温特伯恩便知晓了她更多的事。

"小男孩，跟我说说你叫什么。"他问道。

"伦道夫·C.米勒，"男孩尖声答道，"我还要告诉你她的名字。"他举起登山杖指向姐姐。

"你呀，等到别人问你再说才好啊！"年轻女子坦然自若。

"我很想知道你的名字。"温特伯恩忙说。

"她的名字叫黛西·米勒！"小孩嚷道，"可那不是她的真名，她名片上可不是这个名字。"

"可惜啊，你居然没带上我的名片！"米勒小姐打趣道。

"她的真名叫安妮·P.米勒。"男孩接着说。

"去问问他，他叫什么。"他的姐姐催促道，意在温特伯恩。

可对此伦道夫似乎全无兴趣，他还一门心思把家中的事摆了个遍。"我爸爸的名字叫埃兹拉·B. 米勒，"他毫无怯意，"我爸不在欧洲，他那地方可比欧洲好得多呢。"

温特伯恩沉吟片刻，暗暗思忖这多半是搪塞小孩子的言辞，其实米勒先生已经荣登天国了。不想伦道夫顷刻又说："我爸在斯克内克塔迪①，他那儿可有大生意要忙。当然啦，我爸可有钱了。"

"哎呀!"米勒小姐不由得叫出了声，又把手中的阳伞移到眼前，留神端详伞沿上刺绣的花边。温特伯恩当下便还了那孩子自由，只见他一路拖着登山杖，消失在小径中。"欧洲不对他的胃口，"女孩解释道，"他巴不得回家。"

"回斯克内克塔迪?"

"对啊，他恨不得马上回家呢，这边连个一起玩的伴儿都没有。小男孩倒是有一个，可那孩子身边总跟着位老师，也就不会放他出来疯耍了。"

"那你弟弟就没跟个老师吗?"温特伯恩问道。

"妈妈倒是曾经想过，起意要寻上一位，路上也好相伴。还曾有位女士跟她谈起过呢，说是有个极出色的老师。那位女士是个美国人，多半你也认识，叫桑德斯夫人。我还记得她是从波士

---

① 斯克内克塔迪（Schenectady），位于美国纽约北部的贸易工业重镇。

顿来的。她跟妈妈提到了这位老师，我们本欲依言请他与我们同行。可伦道夫却说他可不想旅行还随个老师，还说在火车上才不要上课。偏偏我们还真有一半的时间消磨在火车上。也是在火车上，我们遇见个英国女士，名叫费瑟斯通小姐，兴许你也见过。她问起为何我不能亲自给伦道夫上课，用她的话说，让我给他些'教导'也好。可我倒觉得比起我引导他，他能给我的会更多。这孩子够伶俐的。"

"对啊，"温特伯恩忙说，"他看着就聪明过人。"

"我们一到意大利，妈妈就会为他请个老师。在意大利能请到良师吗？"

"依我之见，绝佳的都有。"温特伯恩答道。

"又或者，她索性给他找间学校吧。他才九岁，理应多长些见识。将来他可是要读大学的。"如此这般，家中诸事她都娓娓道来，营营总总又说了许多。看她端坐在长椅上，一双玉手纤纤，叠于膝盖之上，手指上数枚戒指晶莹闪烁；双目若盈盈秋水，忽而与温特伯恩相望，忽而又环视整个园子，观望着游人翩翩，美景连连。如此这般与温特伯恩倾心相谈，倒仿佛二人相识已久。他心中自是欢喜。已经许久未曾聆听过女孩这般娓娓不倦，能对他尽情地讲许多话。而身边这位陌路的年轻女子，这位悄然而来，与他并肩坐于长椅上的年轻女子，便是如此佳人。她安坐一处，仪静体闲；可她的朱唇明眸却始终未曾停歇。她的声音轻柔悦耳，音调又婉婉有仪。她自己在欧洲的行踪，种种心意，家人的心迹流转，她都款款相告，尤其又列数了这一路曾住过的客栈。"那位我们在火车上遇见的女士……"她说道，"费瑟斯通小姐她问我，我们在美国不会也是一直住旅店吧？我告诉她，来欧洲之前，我都还未曾踏足如此多的旅店呢。"可米勒小姐说这番话时，音调中却不曾有丝毫尖酸刻薄；于她，事事皆遂心。她还说，但凡你了解了各家的行事风格，天下的旅馆可都是尽如人意的，欧洲也处处藏着机趣。她可是从未心愁意慵过——片刻都未曾有。或许因为来之前，她便听多了欧洲的种种景况。毕竟，曾经的诸多知己好友，也都屡次往来欧洲。还有昔日的那许多条裙子与小物件，也都来自巴黎。无论何时，凡是巴黎织造的衣裙，她一穿上，便已恍如身在欧洲。

"就好似一顶如愿帽。"温特伯恩说道。

"正是呢。"米勒小姐虽是如此回答，却并未留心此话深意。"这便让我越发期盼能亲临此地。可倘使只为衣裙，我倒觉得费这番周折并无必要。我可是知道了，最华美的衣裳定是都送去了美国；此地所见尽是些粗鄙蠢物。但若追究，却真有一桩遗憾，"接着她便道出其中原委，"那便是社交圈。这里可根本就寻不见什么社交圈；若果真有，它藏于何处我却无缘知晓。你呢？可是通晓内情？我猜它定然存在于某处，可是我连个影子都没瞧见。我可是极热衷社交的，而且一向都精于此道。不只在斯克内克塔迪，在纽约也是熟络得很。我一度年年在纽约过冬。纽约的社交圈子我也算是摸透了。去年冬天，有十七家晚宴邀请我参加呢。"说到此处，黛西·米勒又添了句："其中三家都是绅士做东。"过了半晌，她又道："我在纽约的朋友可比在斯克内克塔迪多——其实是绅士朋友添了许多；年轻的女性朋友也比先前多了。"她又静默片刻，转而凝望着温特伯恩，那清俊的容颜既美在这双目中，这双眸子顾盼神飞，又美于唇边，微含一抹笑，恒久不曾退却。"我素来便广交绅士，"她道，"我的绅士社交圈子大极了。"

可怜温特伯恩虽是暗觉有趣，却又迷惑不解，更是彻头彻尾为之倾倒。他还从未听过女孩敢如此袒露心迹；他当然明白，特殊场面上，固然也有人着意装腔作势为显放浪形骸，可除却此种情境，方才一席话，他可是闻所未闻。不过，难道他该依循日内瓦的习俗，指摘黛西·米勒小姐举止有失？抑或责怪她有失当之可能？此刻方觉自己在日内瓦滞留过久，已然失去许多；就说这美国音调的起伏，他竟也听不顺耳了。自从他略通人事，邂逅性格如此张扬的美国女孩，确乎还是第一遭。她自然是迷煞了人，却沉溺于交际至这般田地！她也许不过是个来自纽约州的漂亮姑娘——她们俱是这般性子吗？天生丽质，却与绅士交游甚广？又或者，她也不过是个工于心计的年轻姑娘，无所顾惮又胆大妄为？在这件事上，温特伯恩的直觉不灵了，他的理性也无所助益。黛西·米勒小姐看上去还确是天真无邪。毕竟他也曾听闻，美国女孩可是绝顶的烂漫天真；不过，却也有人说，她们其实并非如此。在他看来，黛西·米勒小姐真真是个风月高手——一位美国风月场上的妙人。说来他还未曾与这类年轻女子滋生过任何瓜葛。他曾在欧洲结交过两三位女子——皆比黛西·米勒小姐年岁稍长，也都为了体面，俱已嫁为人妇——这些女子都深谙拨雨撩云之术——都可谓是令人胆寒的女魔头，和她们打交道，稍不经意局面便会难以收拾。可面前这位年轻姑娘可迥非此般风情女子；她不谙世事，不过是个喜好打情骂俏的美国佳丽。经历一番推想，温特伯恩终于掂掇准了黛西·米勒小姐当属哪类，心中竟几乎怀了些许庆幸。他靠在椅子上，心下感叹，她的鼻子可真算是他所鉴鼻子中最可人心意的了；他却又纳闷，当怎样与美国的轻浮佳人打交道呢？禁忌规则又当为何？很明显，不多时他便会明了。

"你可曾去过那座古堡？"年轻姑娘问道，言罢举起阳伞，指向远方，看得见西庸古堡的城墙在阳光下灼灼生光。

"去过的，许久以前了，不止一次，"温特伯恩答道，"你也去过吧？我猜你定也游过那座古堡。"

"没去过，我们还从未到过那里呢。我可是一直念着去那儿走走。自然啦，有朝一日终归要去。未曾逛过那座古堡，就离开此地，我是断然不甘心的。"

"去古堡一趟确是颇有意趣，"温特伯恩接道，"更因此番旅程走起来简直易如反掌。你可以驱车前往，抑或呢，也可以坐小汽船过去。"

"能坐马车去那里！"米勒小姐道。

"对啊，能坐马车去那里。"温特伯恩称是。

"我们的那位向导说过的，说马车能直接送人上古堡呢，"年轻女子又道，"我们上个礼拜本来都定了要去，可到了日子，妈妈又觉得身子懒懒的。她呀，吃了东西不消化，一向都是这病根儿。她就说自己去不成了。伦道夫呢，又没个兴致去玩，说什么天下的古堡都没多大意思。可我猜想着，这个礼拜若是能说动伦道夫，我们定会去的。"

"你弟弟对古迹没什么兴味？"温特伯恩笑问道。

"他说对古堡这种东西，他可是全不在意，这孩子也不过才九岁，一门心思守在旅馆里。妈妈又不想留他一人，那个向导却又不肯陪着他，如此情景，我们自然有许多地方都去不成。可若是连那里都错过了，就真是走霉运了。"米勒小姐又指向西庸古堡。

"我倒觉得法子总会有的，"温特伯恩安慰道，"难不成就找不到一个人愿意陪着伦道夫吗？只消一下午的时光就好。"

米勒小姐凝视了他半响，方气定神闲地说："我还真盼着你能陪他呢！"

温特伯恩踟蹰片刻。"我倒更乐得能陪你去西庸古堡。"

"陪我？"年轻姑娘问道，依然不露声色。

她并未起身避开，脸都没红一下，不像日内瓦的那些年轻姑娘，定会那般作为的。不过，温特伯恩终究觉得自己方才太过越性鲁莽，心下忐忑，言语必已冲撞了她，忙恭敬地添上一句"还有你的母亲"。

可他的莽撞也好，虔敬也罢，到了黛西·米勒这里，却好似全然未曾察觉。"我想妈妈终归是不会去的，"她又说道，"她是最不爱午后乘车漫游的。不过，你方才说的可是当真？你果真甘愿走上一趟？"

"乐意至极。"温特伯恩忙应。

"那我们可要好好筹划一番。妈妈若能答应陪着伦道夫，我猜欧亨尼奥也会乐意的。"

"欧亨尼奥又是哪位？"年轻人问道。

"欧亨尼奥是我们的向导，一向都不肯陪着伦道夫，他可是我所见过的最爱挑毛剔刺的人了。可若论做向导，他绝对算是顶尖的。我想若是妈妈允诺了留在家中，他也会甘心陪着伦道夫，那我们也尽可去城堡游玩了。"

这边温特伯恩倒是沉吟片刻，搜肠刮肚地把整件事想了个透——所说的"我们"，当唯指黛西·米勒小姐与他二人。这番筹划听上去可是意外之喜，轻易都不敢信的；他忽然觉着自己似乎该吻上一吻这位年轻女子的手。兴许，他倒真会试上一试——如此一来，那桩美事可便会尽毁了。可正当此时，又来了个人，多半就是方才提到的欧亨尼奥。他高个子，长得一表人才，留着俊气的髭须，身着天鹅绒晨衣，衣衫上挂着个表链，熠熠闪光。他款步走至米勒小姐身边，眼睛却紧盯着她的同伴，双目似剑。"喔，欧亨尼奥！"米勒小姐叫道，口气中尽显亲昵。

欧亨尼奥将温特伯恩从头到脚一番打量，之后便向年轻女子鞠躬施礼，神色矜重。"很荣幸告诉小姐，午餐已经上桌了。"

米勒小姐缓缓起身。"瞧瞧那儿，欧亨尼奥，"她又说道，"无论如何，我可是终究要去那座古堡玩了。"

"小姐要去西庸古堡吗？"向导问道，"小姐都已布置妥当了？"他又问。温特伯恩听来，话中语气可是无礼得很。

即便是米勒小姐，也明显领悟到话中带刺，暗讽女孩处境微妙。她便转向温特伯恩，面颊此刻飞红了——清浅的红晕似有还无。"你不会反悔吧？"她问道。

"未到出发那一刻，我可都不会死心的！"他信誓旦旦。

"而且你就住在这家客栈？"她又问道，"你果真是个美国人？"

向导侧立一旁，觑视着温特伯恩，眼神中满是敌意。至少对于年轻的温特伯恩，这位向导眼神里透着股毁谤的意图，放诞无礼，似乎在责问米勒小姐竟这般"随意接"熟人。"若能向你引荐一人，我将倍感荣幸，她会告诉你我的全部。"他笑道，意在他的姑妈。

"噢，好啊，我们哪天便去。"米勒小姐一面回答，一面望着他莞尔一笑，立时便转过身。她举起阳伞，与欧亨尼奥一道信步走回旅馆。温特伯恩在原地伫立良久，望着她的背影姗姗远去；看着她一路走，一路还提起纱裙的边饰，以免粘到甬路上的尘土，他不禁喃喃自语，这女孩当真足具公主风范。

第二章

  他许下诺言，要将姑妈科斯特洛夫人，引见给黛西小姐相识，不料却力所不及，终成空言。科斯特洛夫人的身子略好些，他便前去探望。自然免不了一番嘘寒问暖，之后，他便问她是否留意到，旅馆中住着一家子美国人——妈妈，女儿，还带着个小男孩。

  "还跟着个向导？"科斯特洛夫人接道，"哦，当然了，那一家我自然看见了。闻其音，观其行，便要躲着他们远远的。"科斯特洛夫人孀居却家财殷实，称得上声名赫赫，言语间时常露出话风：若不是自己屡为头痛所扰，定会是个搅动时代风云的一流人物。她生得容长脸儿，苍白面色，高挺鼻子，一头浓密的白发夺人眼目，发丝缕缕拳曲在头顶上。她的两个儿子成了家住在纽约，另外一个时下正在欧洲。这个年轻人在汉堡玩得不亦乐乎，他虽随处飘游，却极少与他的母亲同时同地现身。她的侄子呢，特地跑来沃韦拜见。如此一来，温特伯恩便显得比别人殷勤恭顺许多。甚或如她所言，他与她尤其亲近。在日内瓦这数载，对姑妈必当尽心尽力的想法已深入其心。他与科斯特洛夫人已有多年未见，他素昔的言行也都遂她心意，姑妈便将社交圈的种种隐奥秘传于他，以表恩眷。揣测她言下的意思，昔日，她曾在美国首都的社交界翻手为云覆手为雨。她一向孤傲，只在小圈子里交游，对此她倒是毫不避讳，可据她所述，但凡他对纽约略知一二，便会知晓这实乃不得已之所为。经她的描画，纽约的那片社交天地，等级划分何等微妙；她又倚借各色眼光来品度纽约的纷纭人事。于是，在温特伯恩的想象中，那片天地氛围如许，竟几乎致人郁悒不欢，却又欲罢不能。

一听她透出的口风，他便意识到，黛西·米勒小姐的社会地位卑不足道。"我觉得这一家似乎入不了您的眼。"他试探道。

"他们不过俗物，"科斯特洛夫人解释道，"对他们这种美国人啊，我们能够避免——与之为伍，便是出力了。"

"噢，您耻于与其为伍？"年轻人问道。

"我力所不能及，亲爱的弗雷德里克，若是我办得到的话，我定会欣然与之结交的，可我实在不能与侩为伍。"

静默半晌，温特伯恩说道："那个年轻姑娘倒是长得俏丽恬静。"

"美则美矣，却不过庸脂俗粉。"

温特伯恩又是半刻无语，说道："当然，您说的我明白。"

"她倒还真有股子妩媚劲儿，她们个个如此，"他的姑妈又道，"从哪儿学来的那一身狐媚的本领，我就悟不到了。她的穿着打扮也确让人挑不出毛病——可不光如此，咱们都猜不到，她简直穿得像个天仙。她们是从哪儿修来的品位，我可就不知所以了。"

"可亲爱的姑妈，她怎么说也不会是个科曼奇族的印第安野蛮人啊。"

"她是位年轻的淑女，"科斯特洛夫人说道，"而这位淑女与她的向导有暧昧之事！"

"与向导有暧昧之事？"年轻人追问。

"哦，她的母亲也一样行为下作！她们对待那位向导，竟如对熟络的朋友一般礼遇——居然将其视为绅士。若是看见他与她们同桌进餐，我也不会觉得意外的。多半她们从未遇见过这般温文尔雅的男人，总是衣冠楚楚，举手投足还真像个绅士。他许是恰好迎合了年轻女士对伯爵的幻想。他和那一家子一道坐在花园里，还在夜幕之下。我猜啊，他应该还抽着烟。"

这一番袒露秘闻，温特伯恩可是听得兴致盎然。这些事都让他对黛西小姐更多了几分认识。如此看来，她倒还真是一贯的任情恣性。"喔，"他道，"我可不是向导，但我觉得她确乎让人着迷。"

"你打一开始就该告诉我，"科斯特洛夫人说道，颇有端人正士的风度，"你已经与她熟识了。"

"我们不过是在花园里遇见了，彼此闲话一番，仅此而已。"

"仅此而已！那就请问，阁下说什么了？"

"我说我愿自作主张，将她引见给姑妈相识，姑妈素来为人敬仰。"

"我可真是感激不尽啊。"

"我不过是想做件体面的事。"温特伯恩辩解道。

"那请问，谁能保证她是体体面面的呢？"

"啊，您也太咄咄逼人了！"年轻人说道，"她这个女孩子清清白白。"

"你虽如此说，心里却远非如此想。"科斯特洛夫人冷眼旁观。

"她那是全然未经雕琢驯化，"温特伯恩接着又说，"可她确是个般般入画的佳人，简言之，她乃一等一的女子。为表心诚，我欲带她去西庸古堡。"

"你们二人要一同出游？我倒觉得这可恰恰驳了你方才那番言论。我能冒昧地问一句吗？你们商量出这项有趣的计划时，你才认识她多久？你到达此地也还未满一昼夜呢。"

温特伯恩笑道："我们认识半个钟头了！"

"天哪！"科斯特洛夫人不由惊呼，"这个女孩太不堪了！"

她的侄子静默良久。"如此说，您确已认定，"他又问道，汲汲盼着听些可信的言语，"您当真已认定……"却又匆匆止住。

"认定什么呢，先生？"他的姑妈问道。

"认定她是那种年轻姑娘，期待着男人早晚能得到她？"

"这种年轻女子究竟期盼男人做什么，我一无所知。可对这种，依你的话，未经雕琢、全无体统的美国小女孩，我倒真觉得你还是抽身躲着别去沾惹为上策。想你已远离故国生活太久，心性又太过单纯，涉世未深，定会惹上无妄之灾。"

"亲爱的姑妈，我还不至于那般单纯。"温特伯恩含笑道，髭须微微拳曲。

"那你就是罪孽深重咯！"

温特伯恩出神默想了一阵，髭须便仍拳曲着，终于问道："如此说来，想让那可怜的女孩子见见您，您必定是不依允的了？"

"那她当真要和你一道去西庸古堡吗？"

"我觉得她真的意欲如此。"

"若是这样，亲爱的弗雷德里克，"科斯特洛夫人答道，"恕我不能承受与她相识的荣耀了。我虽已垂暮，感谢上帝，却还没有老到对世风无动于衷！"

"可难道她们不是个个都是这般作为吗？——那些年轻的美国女孩俱是如此吧？"温特伯恩问道。

科斯特洛夫人默默出了半日神，愀然变色道："我的孙女们若敢做出这种事，我倒要瞧瞧！"

此话一出，他好似对整件事的内情领悟了几分，温特伯恩回忆起，他曾听闻那些漂亮的堂姐妹，无一不是纽约"顶尖的调情高手"。如此一来，若是黛西·米勒小姐都逾越了这类女子的行事规范，比她们还要放任自由，那可没什么事是她不敢为的了。温特伯恩按捺不住急欲见她，心中却又有些不自在，凭直觉，他知道自己不该如此看重她的。

虽说他望眼欲穿地想见她，却还百般踌躇，姑妈不予相识这件事该如何透露给她，也寻不到个办法；可不需多时，他便会知晓，与黛西·米勒小姐相处，小心翼翼或斟酌再三都全无必要。那天夜里，他在花园里瞧见了她。星晖未冷时，她好似个不拘形迹的精灵四处游荡，手中还举着把扇子，举他平生所见，再没有大过此扇的了，她就如此将其摇来摆去。当时已是夜里十点。稍早时候，他和姑妈一起用过了晚餐，又一直陪着她闲坐聊天，才拜别告辞，至翌日再见。黛西·米勒小姐看见他似乎格外欣喜，还说今夜可是她曾度过的最漫长的一夜。

"你一直都独自打发时光吗？"他问道。

"先和妈妈散了会儿步，可她也走倦了。"她答说。

"她已安歇了吗？"

"没有呢，她可是个顶不爱歇息的人，"年轻姑娘答道，"她呀，根本就不睡觉——即便是睡，也不会超过三个钟头。她说自己也弄不清，这一向不眠不休，究竟是如何活下来的，她神经衰弱得厉害。我猜想着，她睡着的时间，定是比自己认为的要多。这会子，她去找伦道夫了，想着叫他趁早回去睡觉。他呢，是个厌烦睡觉的家伙。"

"希望能说得动他吧。"温特伯恩说道。

"妈妈自会使尽浑身解数，可他呢，又最不喜听她蝎蝎螫螫的，"黛西小姐一面说着，一面展开扇子，"她盘算着让欧亨尼奥劝解他，可他又不忌惮欧亨尼奥。欧亨尼奥确是个绝妙的向导，却奈何根本入不了伦道夫的眼！十一点前怕他是都不会安歇的。"

看来伦道夫得逞了，他守夜的时间果真拖后，因为温特伯恩陪着年轻女子漫步许久，却仍未遇见她的母亲。他的同伴挑起话题："你想要引见给我的那位女士，我也打探了一番。这位女士是你的姑妈。"温特伯恩先是称是，之后便问她从何而知。她说有关科斯特洛夫人的数桩事情，她皆已听闻，皆出自旅馆的女服务员之口。他的姑妈素来泊然，举止随分从时，脸上扑着厚粉，寡言少语，从不在旅馆的餐厅用餐，每两天便要犯一次头疼病。"依我看，这番描述可真是惟妙惟肖，头疼啊还有各色各样的事！"黛西小姐细声慢语，声音中洋溢着欢乐。"我简直太想与她结识了，也绝对清楚你的姑妈会是怎样一个人，而且，我知道我会喜欢她的。她定是个孤标傲世之人。有番幽姿风骨的女子，我最是欣赏了。我自己呢，汲汲盼着有朝一日，幽沉谢世事。喔，其实我们也是颇冷傲清高呢，我和母亲都是。我们并不是与每个人都讲过话——容或他们不与我们说话吧。反正都是一回事。无论如何，能结识你的姑妈，我真是喜之不尽。"

温特伯恩此时却是手足无措。"她也会心中欢喜的，"他答道，"可只怕她的头疼病一旦发作，就无法得偿所愿了。"

透过沉沉夜色，姑娘凝视着他。"可我想她不会天天都头痛吧。"声音中尽是怜惜。

温特伯恩静默良久，更是罔知所措，最后只好说："听她的话，还真是每天都会疼。"

黛西·米勒小姐闻言驻足，凝神相望。夜色虽已幽深，那般花容月貌却依稀可见；她把手中巨大的扇子打开又闭合。"她根本不想与我相识！"她突然说道，"你为何不直接告诉我？你不必惶惶不定。我可是一点儿都不挂心呢！"又莞尔一笑。

温特伯恩恍惚听见她的声音微微颤抖，似藏幽咽，他心有所动，无措的惊愕、不迭的悔意，种种感情绞在一处。"亲爱的姑娘，"他极力辩解，"她谁也不曾结识，都怪她那身子，一向都病恹恹的。"

年轻姑娘款步登上台阶，依然盈着笑意。"你无须为此惶惶，"她依然重复着方才的话，"她何必愿意与我相识呢？"便又默然。她正站在花园的护墙边，面前便是星光融融的湖水。湖面渺渺茫茫，蒙着一层光泽，远山影影绰绰。黛西·米勒眺望着神秘莫测的远景，又嫣然一笑。"天哪！她真乃一方幽客啊！"她说道。温特伯恩揣度着方才是不是刺伤了她的心，一度甚至期待她伤心欲绝，他便好适时出手宽慰。想到此处，他竟有些喜不自胜，觉得若是自己怜香惜玉起来，她定会万般温柔。在那一刻，他已甘愿在言谈中牺牲他的姑妈，向她坦言姑妈不过是个傲慢少礼的女子，还会告诉她他们根本无须为此介怀。可就在他决意冒着犯大不敬的罪名，铤而走险去献殷勤的关口，那年轻的女郎，一面重又徐徐漫步，一面变了声调叫出声来："喔，妈妈在这儿呢！据我看，她的苦劝可没能奏效。"远处依稀有位女子的身影，但夜色深沉，迷离恍惚，这个身影正施施然踽踽而行，似有些踟蹰，猛然间便已驻足。

"你认准了那是你的母亲？夜色浓重如此，你能辨认出她？"温特伯恩不禁问道。

"当然啦！"黛西·米勒小姐高声说道，輚然而笑，"我自己的母亲我还是认得的。更何况，她还围着我的披肩！她一向喜欢穿戴我的衣物。"

话中说到的这位女士，止住步子，仿佛驻足徘徊。

"怕是你的母亲没看见你。"温特伯恩说道。"又或许，"他心里自是一番掂量，若是以此打趣一番，依仗着对方是米勒小姐，想来应该无妨的，便又说，"多半是她围了你的披肩，心中愧疚。"

年轻姑娘依然气定神闲，曼声答道："哦，不过是件破烂的旧玩意儿！我跟她说可以随意穿戴的。她不到这边来，只因看见了你。"

"啊，若是如此，"温特伯恩忙说，"我自当先行告退了。"

"不用啊，不必的！"黛西·米勒小姐勉力相留。

"也许你的母亲并不赞成我陪着你散步。"

米勒小姐正色相视。"可并非我的缘故，是因为你——其实呢，到底还是由于她自己。好吧，到底怪谁我也不得而知啦！可任凭哪一位我的绅士朋友，妈妈都不中意。但凡是遇见个人，她就羞手羞脚。我若是把绅士朋友引见给她，定会惹她大惊小怪一番。虽是如此，我也还定会将他们介绍予她相识——几乎无一例外。我若不将这些绅士朋友介绍给妈妈，"年轻姑娘绵言细语，继而淡淡说道，"我便会觉得自己行事有违本心，失之自然。"

"那引见我相识吧，"温特伯恩请求道，"我的名字你定然知道。"接着，他便兀自将姓名诵给她听。

"哦，亲爱的，我可一下子说不了这么多！"他的同伴答道，朗声轻笑。说话间，二人向米勒夫人一径走去，愈行愈近时，米勒夫人却款款走到园子的护墙边，身子倚靠着墙，凝神望向湖面，背对着二人。"妈妈！"姑娘朗声叫道，语调决然。话音方落，年长的女士转过身。"这位是温特伯恩先生。"黛西·米勒小姐将年轻人一番介绍，神情坦然，落落大方。她虽不过是个"俗物"，依科斯特洛夫人之言，可伧俗如她，却颇有林下之风，令温特伯恩不免咨嗟。

她的母亲小巧玲珑，身材清瘦，眼神飘忽不定，鼻子生得尤其小，宽额头，前额装饰着拳曲的刘海，发丝纤细。与她的女儿一样，米勒夫人也是锦服华裳，极尽优雅；双耳佩戴着钻石珠宝，硕大晶莹。温特伯恩极尽所能，也未察觉出她对他有所示意——很显然她瞧都未瞧他一眼。黛西正站在她身旁，将她身上的披肩抚平整。"你在这儿闲游晃荡，意欲何为？"年轻女士问道。这话中言语虽尖刻，语调却并无此意。

"我也不知道啊。"她的母亲正说着，眼睛又望向了湖水。

"我都没想到你喜欢这件披肩！"黛西语笑喧呼。

"是吧——我还真挺喜欢的呢！"她的母亲吟吟轻笑。

年轻姑娘又问："你让伦道夫歇息了吗？"

"没有呢，我劝不动他，"米勒夫人悄语低言，"他还想和那个侍者谈天，他特别喜欢和那位侍者闲聊。"

"我正和温特伯恩先生说这件事呢。"年轻姑娘接道。在年轻人听来，她说话的口气仿佛在暗示两人已是天长地久的昵友。

"哦，正是如此！"温特伯恩适时接道，"我有幸与贵公子相识。"

伦道夫的妈妈却缄口无言。她转而望向湖水，可最后还是开了口："唔，我不知道他是怎么熬下来的！"

"无论怎么说，都不至于像在多佛那般糟糕。"黛西·米勒安慰道。

"在多佛怎么了？"温特伯恩问道。

"他根本不歇息。依我看，那孩子整晚都不曾合过眼——夜夜就待在会客厅。倘若不到午夜，他断断不肯上床，这我太清楚了。"

"是十二点半。"米勒夫人说道，话音稍稍突出了时间。

"那他日间睡的时间可长？"温特伯恩问道。

"依我看，他可没怎么安歇过。"黛西答说。

"我巴不得他能多睡会儿啊！"她的母亲说道，"但他怕是寝不成寐。"

"我看哪，他可绝对是个小烦人精。"黛西又道。

此言说毕，半晌便只是沉寂。片刻后，年长的女士说道："啊，黛西·米勒，说自己亲弟弟坏话，实在不应该啊！"

"虽是如此，可妈妈啊，他真真确确是个烦人精。"黛西说道，言语间可绝无斗嘴的恶声恶气。

"他只有九岁。"米勒夫人辩解说。

"是呢，而且他还不愿意去那座城堡，"姑娘说道，"我要和温特伯恩先生去那里。"

此话淡淡道来，黛西的妈妈也未置可否。温特伯恩兀自料定二人的出行计划怕是有违其意；却又暗自思量，猜度她遇人不设城府，必然轻易听任旁人摆布。只消软语温言，表尽恭顺心意，便会钝化他带给她的恶感。"正是如此，"他讲开了，"承蒙您女儿的厚爱，我得以做她的向导，荣幸至极。"

米勒夫人逡巡的双目停在黛西身上，眼神似含哀求之意，而黛西呢，缓缓走在了前面，口中还轻轻哼着歌。"我猜你们会坐马车去那里吧。"她的母亲问道。

"是的，坐船也可以。"温特伯恩答说。

"是啊，那是自然，对这些事我全然不懂，"米勒夫人答道，"我还从未去过那座城堡。"

"您没去成，确是一桩憾事。"温特伯恩说着，又生了疑心，断定她确凿反对二人之事。转念一想，又觉若按情理，她定然意在陪女儿一同前往。

"我们这一向都筹划着去那儿走走，"她又道，"却好像一直都无法成行。黛西自然想去一游——她喜欢四处转悠。可旅舍中有位女士——她的名字我倒是不清楚——她说，在她看来，此地的城堡，我们是不会有兴一看的；她觉得，要逛城堡，就该留待意大利，听说那里的城堡可是数不尽的。"米勒夫人接着说，愈是说，自信竟愈足，又马上说道："当然啦，我们只赏精华。在英国便游了不少。"

"啊，确是如此！英国有几处城堡美极了，"温特伯恩说道，"可此地的西庸城堡，也颇值得一游。"

"喔，若是黛西有意如此的话——"米勒夫人答说，听其话音，可知此事非比寻常，"不过，这世上怕是也没什么事她是不愿一试的。"

"哦，我觉得她必定会尽兴而归的！"温特伯恩凿凿其言。他原就盼着能和面前这位年轻女士在出游时尽享二人世界，此刻记惦着坐实此事，这份儿心思倒是愈来愈盛了；而那位年轻女士呢，依然在几步外漫步闲游，还不时轻轻哼着歌。"夫人，您不会想，"他问道，"也一同出游吧？"

有一瞬间，黛西的母亲凝望着他，眼神中尽是疑惑，之后便不做声，径自向前走。又过了许久，方说："我觉得她最好还是自己去吧。"只此一句。

温特伯恩暗自忖量，在这片湖水的彼岸那座幽深的老城中，为人母的贵妇人个个都警觉而锐利，聚集于社交周旋的第一线，她们与眼前这位夫人的为母之道真有天壤之别啊。但这番沉思默想却被一声声轻唤打断了，原来，是米勒夫人那位无人护佑的女儿在唤自己。

"温特伯恩先生！"黛西喃喃道。

"小姐!"年轻人忙应道。

"你不愿带我乘舟出游吗?"

"现在?"他问道。

"当然啦!"黛西答说。

"别这样,安妮·米勒!"她的母亲喝止道。

"夫人,就让她去吧。"温特伯恩言辞恳切,因为他也从未享受过此等意趣,与清丽佳人相伴,乘一叶轻舟,在夏夜漫天星光下游湖。

"我觉得她可并非真心想去,"她的母亲说道,"我想她更愿待在房间里。"

"我敢断定温特伯恩先生愿意带我去,"黛西说,"他可是个忠肝义胆的人儿呢!"

"我欲驾舟带你一路划至西庸,就在今夜这片星辰之下。"

"骗人!"黛西嬉笑。

"别这样!"年长的女士再次喝令。

"你已经有半个钟头未和我讲过一句话了。"她的女儿并未理会。

"我方才和你的母亲相谈甚欢。"温特伯恩答道。

"好吧,我想要你带我坐船出游!"黛西又说了一次。此时,他们都止了步,她转过身凝望温特伯恩,如花笑靥,若星明眸,缓缓摇着扇子。无边风月,不复再有,世间再无景致可与之相媲,温特伯恩暗想。

"渡口正泊着六七条船。"说着，他便指向园子边的石阶，拾级而下，即可到湖边。"你若愿意，能予我以无上的荣幸，挽着我的手臂，我们这就去选上一条。"

黛西未动，浅笑依然，倏又仰头，阵阵轻笑，宣称道："我喜欢绅士行事明堂正道！"

"我向你保证，这便是明堂正道的邀请。"

"我可是拿定心意，定要你吐露几句心里话的。"黛西还在戏弄他。

"你知道的，这对你并非难事，"温特伯恩说道，"不过，我只怕你是在拿我打趣。"

"我觉得不是，先生。"米勒夫人款语低声道。

"走吧！若是如此，让我为你撑桨。"他对姑娘说。

"简直妙极了，你说话的方式！"黛西大声道。

"做起来会更加妙不可言。"

"没错，准会趣味无尽的！"黛西虽如此说，却迟迟未动，并未有相陪的举动，只是伫立原地，浅笑如前。

"我觉得你倒是该看看现在都什么钟点了。"她的母亲仍勉力劝阻。

"十一点了，夫人。"近旁暗影中传出一个声音，带着外国口音。温特伯恩循声转身，在两位女士身旁，正立着位打扮花里胡哨的人。很明显他才刚到。

"哦，欧亨尼奥，"黛西说道，"我要乘舟出游啦！"

欧亨尼奥躬身施礼。"在夜里十一点吗？小姐？"

"我要和温特伯恩先生一同游湖。就在此时此刻。"

"告诉她她去不得。"米勒夫人对向导说。

"我觉得你最好不要乘船出游，小姐。"欧亨尼奥劝道。

温特伯恩千恩万求，但愿面前这位女子，这般仙姿佚貌，与她的向导并非如此狎昵，可他并未说什么。

"我想你定是觉得这有悖礼仪！"黛西说道，"什么事情到了欧亨尼奥那里啊，都是缺礼少仪的。"

"我愿意恭候你的吩咐。"温特伯恩说道。

"小姐是要独自出游吗？"欧亨尼奥问米勒夫人。

"哦，不是。和这位绅士一起！"黛西的妈妈答道。

向导上下打量了温特伯恩一番——温特伯恩觉得他脸上似乎还挂着笑——看毕，他又躬身施礼，岸然道貌，说道："只要小姐愿意就好！"

"哦，我还盼着你为了这事儿大闹一场呢！"黛西说，"现在，去不去倒也无所谓了。"

"你若不去，我可要闹上一场了。"温特伯恩说道。

"我可就想要——稍微来点儿闹腾！"年轻女孩又笑眼欢容。

"伦道夫先生已经睡了！"向导一旁冷冷说道。

"哦，黛西，那我们也可以回去了！"米勒夫人说道。

黛西从温特伯恩身边转身离开，那一双清眸却依然含笑凝望，一边还兀自扇着扇子。"晚安，"她说道，"我盼愿你经此便悻悻然，心生嫌恶，又或涌出别的什么感情！"

他凝神看她，轻轻握住她递予的手，答道："我只是茫然不解。"

"哦？但愿不会令你辗转难眠！"她口齿伶俐，话毕，那位享有特权的欧亨尼奥便一路护佑，两位女士一径向旅馆走去。

温特伯恩伫立良久，凝望着三人远去，只觉真真切切得恍恍惚惚。他又在湖畔独自逡巡了一刻钟，那年轻姑娘猝然而许的亲昵，她心性的倏忽即变，个中情景，他又禁不住霞思云想了一番，却依然百思不解。最终，唯一确凿无疑的是，无论与她"出游"去往何处，他都会陶陶然乐在其中。

两日后，他与她一道出游去了西庸古堡。他在旅馆宽敞的大厅中等候，此处可是个鱼龙混杂之地：向导、侍者、外国游客，都聚集于此，一个个皆无所事事，依仗东张西望来打发时间。倘若由他选，他断然不会选在此处，偏生却是她的主意。她轻跳着逐级而下，一边还将长手套扣紧，折好的阳伞紧贴着窈窕身姿，身上穿着素净雅致的旅行套装，无可挑剔。温特伯恩是个富于幻想的男子，诚如我们的先辈所言，实乃多情才子；待见她的裙袂袅袅，步子笃信，沿着巨大的楼梯轻捷而下，他便觉得仿佛有浪漫之事正欲到来。纵若说此情此景原为二人私奔，他也必会深信不疑。他与她一同从所有那些百无聊赖的人中径自穿过，他们都直勾勾瞪视着她，而她呢，一走到他面前，便款款说了起来。温特伯恩偏爱二人驾车去古堡，可她却热盼着能坐小汽船过湖而去，并宣称自己对乘汽船可是满怀热情。水上总有清风拂面，还有纷繁的面孔浮过眼帘。航行时间并不长，但温特伯恩的同伴却能娓娓谈上许多。对于这位青年，这次短途旅行委实有越轨的意味，称得上是一次历险，即便这位女子素日便自由越性惯了，他却怀着期待，想着她也一样怀此心念。可他的此番用意，怎奈何却是大大地落空了。黛西·米勒一路确乎神采奕然，心境也自在；却并非兴会淋漓，心旌也全无摇曳；她避开他的目光，也不与任何人直视；她若望着他，又或发现别人在看她，脸颊上也寻不见一丝绯红。人们依然一个劲儿瞧她，她身上自是散发着卓然于世的气韵，温特伯恩得以与如许佳人相伴，心甜意洽自不必说。之前，他确乎也曾忐忑，唯恐她肆意喧呼，容或笑得太多，甚或担心她多半想在甲板上紧着踱步。可此刻，这一团愁云尽已飘至九霄云外；他含着笑意坐在一旁，凝视着她的脸庞，而她呢，未曾移步，却已推心置腹，讲了自己的千般想法。这些言语在他听来，可算是最可人心意的絮语了。他确已将其视为"庸脂俗粉"之辈；可她当真如此吗，还是因为他对她的伧俗已熟视无睹？她所谈的多是玄学派诗人所言及的客观投射物，间或也会转而就主观世界侃侃而谈。

"你一脸肃穆，到底是因为什么呢？"她突然问道，清眸流盼，与温特伯恩相望。

"我肃穆吗？"他问道，"我可觉得嘴都咧到耳朵根儿了。"

"你这副神情真好似要带我去参加葬礼。若是这也算咧嘴笑，那你的两只耳朵可是离得太近了。"

"你想让我在甲板上跳一曲角笛舞吗?"

"好啊,求求你,定要跳上一曲,让我来帮你捧着帽子。讨来的钱就可以付船票啦。"

"时至今日,我还从未如许快乐。"他喃喃自语。

她凝视了他片刻,忽又咯咯轻笑:"我就是喜欢让你说这种话! 你啊,还真是个奇特的混合物!"

上岸后,一入城堡,主观世界便在言谈中占了上风。穹顶下,黛西袅袅婷婷,旋梯上,裙裾摇曳簌簌生风;她一路撒娇撒痴,一忽回身巧笑,下一刻又于隐秘的地窖边,微微抖瑟;与此同时,她那娇美的耳朵聆听着温特伯恩将此地种种一一道来。可他看得出,对封建时代的古迹,她意兴索然,西庸城堡的阴森传统也难令其动衷。幸运之至,适逢二人身边除看门人外,并无他人同行,如此便得以在古堡中恣意游逛;温特伯恩与这位管事的人原已谈妥,走马观花不合二人脾性——但凡起了兴致,不计何处,尽可随心所愿,任意驻足。看门人对这份约定慷慨相助——温特伯恩也着实出手慷慨——终得二人独处。米勒小姐的言谈可并非长于逻辑连贯性,凡她想说的,无不能假借他物言及。于是,在凹凸不平的斜面洞前,她由眼前手边说起,却会猛然探听温特伯恩生活中的桩桩件件——他的家中诸事,过往历史,品位习惯,心之所向——她也必将自己生活中的诸般境况娓娓而谈,毫无忸怩之态,倒真是字字珠玑。

　　那位愁肠百结的庞尼瓦①，其人的身世际遇，温特伯恩也悉数道来，方才说完，就听她道："好啦，我觉得你知道的可够多了！"继而说："如你这般博学的人，我可是从未遇见过！"显见得庞尼瓦的历史，正如常言道，又是左耳进，右耳出了。黛西却还津津乐道，说她满心希望温特伯恩能随她全家一同出行，和他们一道"漫游天下"；果能如愿，他们可就能长长见识了。"你难道不想来给伦道夫当老师吗？"她问道。温特伯恩答说，如此美差，世间可再难寻觅了，但可惜得很，他另有事情要料理。"另有事情？我才不信呢！"黛西小姐追问道，"你指什么呢？你可并无营生要费心。"青年承认确是如此，不过，他也与人有约，甚至在这一两日，就不得不赶回日内瓦。"哦，见鬼！"她嚷道，"我根本不信！"随即便又转了话题，谈起旁的事。少顷，待他将那座古老壁炉上精巧的设计指予她瞧时，她猝然问道："你不是真的要回日内瓦了吧？"

　　"正是，我明天就要回日内瓦了，确让人伤怀。"

　　"好啊，温特伯恩先生，"黛西说道，"你可真让人痛恶！"

　　"哦，可别说这么伤人的话！"温特伯恩恳求道，"尤其在最后，你我分别之时。"

　　"最后！"年轻姑娘叫出了声，"我却当成了最初。真想把你丢在这儿，我一个人径自回旅馆去。"此后的十分钟，她便一门

────────────

① 指弗朗索瓦·庞尼瓦（François Bonivard，1493—1570），拜伦诗作《西庸的囚徒》的主人公，在1532年至1536年间被囚禁于西庸古堡。

心思数落他如何可憎可恶。可怜温特伯恩心下着实莫名其妙，他可未曾享此殊荣，竟有年轻女士会因他的启程闹得心神不宁。此后，无论是古堡内的奇珍异品，还是古堡外的湖光山色，他的这位同伴可是全然冷了兴致。却一门心思向日内瓦的那位迷魂浮魄的女子开了火，似乎不过顷刻间，她便已顿悟，他这般匆匆劳顿，必是为了见她。黛西·米勒小姐又怎会知道日内瓦有个摄魄勾魂的人儿呢？温特伯恩否认了有这么个人，却是百思不解，便一面叹其推理的迅疾，一面又暗自乐在其中，她这番揶揄竟也如此坦率。说话间，这个女子在他眼中便成了天真与残忍绝佳的混合体。"她连三天假都不给？"黛西调侃道，"炎炎盛夏，连个假期都不准你？干活再卖命的人，这种季节也要散散心，度个假啊。我猜着，你若再耽搁一天，她怕是要撑船来寻你咯，切切记着要待到星期五，到时候，我定会奔到码头去迎她的！"之前这位年轻女士的性情曾让他的期待落了空，如今方觉，自己可真是大错特错。即便在此之前，他未曾察觉她的乡音，此刻却捕捉到了蛛丝马迹。待她终于说，假使他能郑重许下诺言，答应她冬天就去趟罗马，那她定然不再"折腾"他了，这话中的口音可是听得分分明明。

"这可不是个难求的诺言，"温特伯恩道，"姑妈在罗马有处房子，等着过冬住，而且她早已邀请我到时候过去。"

"我才不是叫你为了姑妈来罗马呢，"黛西道，"我要你为我而来。"对他那位惹人烦厌的亲戚，这便是唯一一次听她提及。

他道，不论发生什么，他必定如约前往。此后，黛西便没再奚落他。温特伯恩寻了辆马车，二人在暮色中赶回沃韦。一路上，她异常沉默。

晚间，温特伯恩告诉科斯特洛夫人，他在西庸消磨了一下午，与黛西·米勒小姐相伴。

"就是那家子美国人，向导领着的那家?"这位女士问道。

"对啊，开心极了，"温特伯恩回道，"向导留在了旅馆。"

"她就那么只身一人和你同去?"

"只她一人。"

科斯特洛夫人轻轻嗅了下嗅盐。"而这么个人，居然就是，"她惊呼道，"就是那个你想让我结识的年轻姑娘!"

第三章

温特伯恩西庸游玩归来，次日便回了日内瓦，一月将尽时，他动身去了罗马。数周前，姑妈便已现行安顿，还通函数次："去年夏天，你在沃韦百般照应的那些人，在这儿也冒出来了，就是带着向导的那一大家子，"她写道，"看来他们已结交了几位相识，可交往最厚密的还要数那位向导。不过，那位年轻女士，竟然和一群三流的意大利人打得火热，成日与这类不尴不尬的人厮混，惹得流言纷纷。记得把谢尔比列那本精妙的小说带给我——那本《波勒·梅雷》①——来日切勿晚于二十三号。"

依常理，温特伯恩本该一到罗马，即刻便赶去美国银行，查明米勒夫人的住址，登门拜访。"沃韦相识一场，去拜候一番也在情理之中。"他对科斯特洛夫人如此解释。

"见识了这一家人的那番行径之后——在沃韦啊，在各处——你若还未曾立意与他们断了联络，也大可随你的心愿。男人自是可以广交朋友，男人的特权嘛！"

---

① 《波勒·梅雷》（Paule Méré），由法国作家维克多·谢尔比列（Victor Cherbuliez，1829—1899）创作的长篇小说，初版于1865年，曾风靡一时。小说的故事发生在德国，情节与《黛西·米勒》有一定的相似之处。女主人公因自己无拘无束的行为而违反了道德规范，后来由于男主人公在一个污损名誉的场合中见到了女主，男主遂怀疑其行为不端，女主最终死于心碎。亨利·詹姆斯熟悉这本小说，并在文中提起，可被视为一种隐晦的致意。

"那就定要告诉我是哪一番行径了——就说说在这儿，发生了什么？"温特伯恩神情关切。

"那姑娘独自一人，和她那群外国朋友四处游荡。至于他们在一起时究竟发生了什么，你只能去另寻高人解惑了。几个罗马人搭上了她，有那么六七位，都是一贯钓有钱女人的小白脸，她呢，居然还带着这种人去别人家做客。一去参加晚宴，她总会随身跟着位绅士，那人留着精致的小胡子，做足了绅士范儿。"

"她的母亲去哪儿了？"

"无从知晓。真是些伤风败俗的人。"

温特伯恩沉吟片刻。"她们是不谙尘世——不过是懵懂无知罢了。其实倒绝非恶人。"

"她们简直是蛮化未开，全然不懂礼仪，"科斯特洛夫人道，"而举止山野之人究竟是不是当属'恶人'，这就留待玄学家探讨吧。无论怎样，她们也已恶到让人心生厌恶，而我们的生命不就是一时半霎吗，有这一点就够了。"

得知黛西·米勒被六七位"美髭髯"簇拥着，倒是断了温特伯恩迫不及待想见她的念头。他虽也未曾自我陶醉，当真料定自己在女孩心间留下了永难磨灭的印象，可此刻，耳中听闻的这一切，可料事态的发展与自己脑中飘飞而过的意象大有径庭，不觉间竟也生了些许懊恼。因他独自默想出的意象是一位绝美的女子从一扇古雅的罗马窗户中向外张望，她心中焦灼不安，悬悬揣测着温特伯恩先生何时会来。不过，若说他已打定主意先迁延些时日，再去向米勒小姐赴约，却也等不及要去拜会另几位友人。其中一位是个美国女士，她的孩子都安置在日内瓦上学，自己也在此处历经数冬。这个女子，建树不浅。她住在格雷戈里街上，在三楼的一间深红色系的小画室中，温特伯恩拜会了她；那天，房间里充盈着南部的阳光。他在房间里略坐片时，未及十分钟，仆人就来通报道："米勒夫人到了！"话音刚落，小伦道夫·米勒便步入房间，行至正中，站定不动，凝视着温特伯恩。过了半晌，他那位俊丽的姐姐也进了门，许久之后，米勒夫人才缓步行来。

"我见过你！"伦道夫道。

"我猜你见过的事可多呢，"温特伯恩说道，顺势拉他过来，"你读书的事进展如何啊？"

这工夫，黛西本来正和女主人寒暄，举止风雅，可一听到温特伯恩的声音，她便立即回身望向他，脱口道："天啊，怎么会！"

"我告诉过你我会来的，你知道的。"温特伯恩浅笑作答。

"好吧——可我没把你的话当真。"黛西小姐道。

"那我该心存感激咯。"年轻人笑答。

"你本该来看我的！"黛西嗔道。

"可我昨天才到。"

"我才不信呢！"年轻姑娘说道。

温特伯恩忙含笑转过身，望向她的母亲以示抗议；而这位女士却避开他的目光，兀自坐着，望向她的儿子。"我们住的可比这儿大多了，"伦道夫道，"四壁都贴了金。"

米勒夫人坐在椅子上，局促不安，柔声道："我之前说过的，若是带了你来，你定会乱说话的！"

"我之前跟你说过的！"伦道夫高声道，"跟你说啊，先生！"他言语谐谑，小手重重拍在温特伯恩的膝盖上。"真的大多啦！"

黛西和女主人谈兴正浓，温特伯恩忖度着该和她的母亲聊上几句，也好应景，便道："沃韦一别之后，您一向身体还好吧？"

其时，米勒夫人定是瞧着他的——瞧着他的下巴。"不太好，先生。"她答道。

"她呀，消化不良，"伦道夫道，"我也不良，父亲也是。我病得最重。"

这番直言相告，却未曾让米勒夫人下不来台，反倒让她松宽了些。"我的肝不舒服，"她解释道，"定是这儿的天气在作怪。这里可比不得斯克内克塔迪，尤其是入了冬，难得心神清爽。我也拿不准你是否晓得，我们就住在斯克内克塔迪。素日里我总跟黛西念叨，像戴维斯大夫这样好的医生，真真是可遇不可求，也无须再求。哎哟，在斯克内克塔迪，他可是执牛耳者，声望高着呢。这么个大忙人，对我却有求必应。像我这样的消化不良，他说他也是见所未见，却决意要攻克。他定会使尽浑身解数来治我的。正要用新疗法大显身手的关口，我们就动身离开了。米勒先生想让黛西切身感受一下欧洲。可我呢，在信中告诉他，没了戴维斯医生，我怕是活不下去了。在斯克内克塔迪啊，他可是首屈一指的人物。还有林林总总其他的病，闹得我睡不安生。"

温特伯恩便与这位戴维斯医生的病人叙谈开了，听她就病理漫话了许多。其间，见黛西与她的同伴话锋正酣，年轻人便又问及米勒夫人的罗马观感。"嗳，我可是大失所望啊，"她答道，"此地的盛名，我们那是听闻已久，保不准就是名气过大了，可这也难怪，我们对这地方原本就抱了满怀的期待，以为会不同凡响呢。"

"唔，略等等，假以时日，您终会倾心此地的。"温特伯恩劝道。

"我可是越来越讨厌这地方啦！"伦道夫高声道。

"你还真是个童年汉尼拔 ① 啊。"温特伯恩玩笑道。

"不，我才不是呢！"伦道夫随口说道。

"你可没什么孩子气，"他的母亲道，"不过，这一阵子，我们确也各处游历了一番，"她重又接过话头，"这些地方，无一不把罗马远远落在后面。"温特伯恩追问之下，她回道："就说苏黎世吧。依我说，苏黎世就惬意得很，名气呢，反倒没有那么大。"

"最妙的地方是列治文！"伦道夫道。

"他说的是艘船，"他的母亲解释道，"我们坐着它横渡海峡。

---

① 指公元前 2 世纪时的迦太基军汉尼拔。他自儿时便憎恨罗马人，因为其父在战场上曾为罗马人手下败将。后来他带着象队，自阿尔卑斯山入侵意大利，自此闻名于世。

伦道夫在列治文上玩了个尽兴。"

"那可是我见过的最妙的地方啦，"孩子意犹未尽，"只不过，把我们带错了路。"

"唔，我们总也有走对的时候。"米勒夫人笑语连连。温特伯恩问及她的女儿，说希望罗马能遂了黛西的心意，她便称黛西可是痴醉于此地。"还不是因为社交圈子——这儿的社交圈的确颇有意趣。她这一向东游西逛的，朋友认了不少，自然比我交际得勤。这儿的人啊，我也说句公道话，都极擅长酬酢往来，她顺顺当当就入了圈子，这样一来，她的绅士朋友便多得数不胜数。喔，于她而言，再没有哪儿能与罗马媲美了。当然啦，年轻女子若得广交绅士，自然会增了几多的笑颜。"

一时，黛西的全副心神又回到了温特伯恩身上，这姑娘道："我可是一直在和沃克女士叨着你有多坏呢！"

"那你又拿得出什么确凿的依据呢？"温特伯恩问道，不禁悻悻。想自己一路风尘仆仆直奔罗马，博洛尼亚未敢休憩，佛罗伦萨不曾停歇，好一片崇拜者的灼灼其心，就因米勒小姐一时起意，耐心耗竭，竟全然湮没于她的漠视中。

他回想起，有个赤口毒舌的同胞曾断言，美国女人——那些形容出众的佳人，添此一言，格局骤增——可是这世间爱挑剔苛求的极品，又最擅恩将仇报了。

"哎哟，你在沃韦简直坏到极点，"黛西怨道，"你什么都不依我的，我都求你留下来了，你却执意不肯。"

"我最最亲爱的小姐，"温特伯恩侃侃道来，"我千里迢迢，奔罗马而来，难不成你就只有苛责相迎吗？"

"快听听他的话！"黛西对女主人埋怨道，顺手揉了一下这位女士裙子上攒的蝴蝶结，"你可曾听过如此古怪的说辞？"

"亲爱的，古怪吗？"沃克夫人低声细语，话音起伏间，显见得在偏袒温特伯恩。

"算了，我也弄不清，"黛西嘴上说着，手却抚弄起沃克夫人的丝带，"沃克夫人，我正想和你说件事呢。"

"妈——"话未尽，伦道夫却打断了她的话，依旧拖着他那粗重的尾音，"我跟你说咱们该走了，欧亨尼奥又要啰嗦了。"

"我才不怕欧亨尼奥呢。"黛西答道，头略微一甩。"听我说，沃克夫人，"她又接着说，"我呢，想来参加你的宴会。"

"那可是再好不过了。"

"我才买了件裙子，可是别致呢。"

"一准儿合你心意的。"

"我还想麻烦你帮个忙——能许我带个朋友一起赴宴吗？"

"但凡是你的朋友，我又怎会不一见如故呢？"沃克夫人笑道，转眼望向米勒夫人。

"哦，他们并非我的朋友，"黛西的妈妈忙道，满面羞涩，轻轻一笑，自是她独有的风情，"我从未与他们讲过话！"

"是我的密友——焦瓦内利先生。"黛西说道，声音清脆悦耳，未有分毫闪躲，那张娇小的脸庞依旧散逸着光芒，暗影也不曾掠过。

沃克夫人沉默半日，悄悄瞥了温特伯恩一眼，便道："能有幸认识焦瓦内利先生，我自是欢喜。"

"他是个意大利人。"黛西紧接着说，语调沉静，丝毫未乱。"我们俩的交情可谓深厚——他那俊秀的容貌，这世上无与伦比——当然比不过温特伯恩先生！在意大利人中，他交往广泛，便也酌量着结识一下美国人，因他一向都心心念念仰慕美国人。他呀，聪明伶俐的，可是迷死人啦！"

如此，便定了下来，这样一位一流的人物定是要现身在沃克夫人的宴会上，之后米勒夫人便要告辞。"我们也该回旅馆了。"她说道。

"你先回旅馆吧，母亲，我可要出去散散步。"黛西说道。

"她是要去和焦瓦内利先生散步。"伦道夫抢先道。

"我要去平丘山①。"黛西浅笑作答。

"一个人吗？亲爱的——在这个钟点儿？"沃克夫人关切地问道。下午已近尾声——车水马龙骎骎而过，行人纷纷各怀心事。"亲爱的，这时间可不安全呐。"沃克夫人说道。

"我也这么想，"米勒夫人忙添上一句，"你定会染上热病的。别忘了戴维斯医生怎么叮嘱你的！"

"她走之前让她带上药。"伦道夫说道。

---

① 平丘山，位于罗马城东北方向的一座小山，其闻名之处在于登临山顶可俯瞰罗马城的全景。

众人皆起身，黛西呢，依然皓齿微露，笑脸迎人，倾过身子吻别女主人。"沃克夫人，你真是个超群绝伦的妙人，"她说道，"我此去可并非孤身一人，有个朋友等着我。"

"纵是你的朋友，也没法儿挡住你得热病。"米勒夫人劝道。

"是焦瓦内利先生吗?"女主人问道。

温特伯恩一直在旁暗自打量年轻姑娘，这一问，更是屏神静气细细听来。只见她笑着立在原地，先是抚平帽子上垂下的丝带，又瞟了一眼温特伯恩，接着笑盈盈地望着众人，方才斩钉截铁道："是焦瓦内利先生——俊美的焦瓦内利。"

"亲爱的年轻朋友，"沃克夫人执起她的手，恳求道，"万万不可在此时步行去平丘山，去见什么俊美的意大利人。"

"唔，他倒是会说英语。"米勒夫人解释道。

"我的天啊!"黛西不由得喟叹，"不合礼仪之事，我可断断不为。倒是有个简单的法子，倘能如此，万事皆会大吉。"她一个劲儿瞅着温特伯恩。"平丘山只一百码之遥，若温特伯恩先生当真表里如一，有君子之风，那他定会提出护送我一程的。"

温特伯恩的君子之风忙不迭自证，年轻姑娘便仁慈赐予了他相陪的荣光。他们先行下了楼梯，见米勒夫人的马车已停在门口，那位曾在沃韦有过几面之缘的向导，一位点缀性的人物，正坐在马车里。"再见啦，欧亨尼奥!"黛西喊道，"我要去散散步。"从格雷戈里街漫步至平丘山尽头的那片美丽花园，确乎不必耽延太久。可正逢这日天气晴好，一路马咽车阗，数不尽的各色行人纷纷簇簇，这对年轻的美国人行进的步子便分外拖沓。拖沓却反令温特伯恩一路霁悦，尽管他自知处境奇特。她携着他的手臂穿过人潮，这些罗马人行路逶迤，眼神散漫，大半的精神都汇聚于他身旁这位绝色的异国女子身上。他不免暗自讶异，黛西心中究竟有何丘壑，能不管不顾，任由他人目光赏玩。在她心中，他这一趟，分明就为了将她送交到焦瓦内利先生手上；可温特伯恩呢，心中既喜又恼，更是决意要违逆。

"你为何没来见我？"黛西问道，"这个错你可逃不掉的。"

"荣幸之至，我曾与你说过，才刚刚下了火车。"

"你啊，定是在那火车靠站之后，还在车上磨蹭了不少时日！"年轻姑娘轻喊道，眉目巧笑，"我猜着，你定是睡过了头。倒是有时间去见沃克夫人。"

"我与沃克夫人……"温特伯恩正欲解释。

"我知道你们在哪儿认识的。日内瓦，对吗？她告诉我的。好吧，你我在沃韦相识，交情差不多嘛。怎么说，你也该来看我的。"只此一句，她便再未为难他，却开始琐琐道起自己的种种经历："这一次，我们可是住上了绝好的套房，欧亨尼奥都说，在全罗马也算最上乘的住处啦。我们打算在此消磨整个冬天——若能逃过热病的话；我猜度着，我们此后也还会长住的。这里可比我想象中的要好上千万倍；我原以为这儿准是一片死寂，还深信这地儿可要挤呢。我本来以为呀，我们整日定会随着位老人家四处游荡，品油画，嚼古物，定是枯涩凋敝，漫漫无止境。可那种百无聊赖的日子也只熬了一礼拜，而如今呢，我可是玩得欢啊。我认识了许多人，个个都乃风尘外物。这儿的圈子还真是优中选优，挑剔极了。门类也是林林总总——英国人的，德国人的，还有意大利人的。其中，我最钟情的要数英国人的圈子啦，他们讲话的那种风格啊，简直令我着迷。还有几位美国人，也颇惹人喜爱的，就说那份儿好客的热情，这世上，怕是无人能及。这一天天的，总会举办个聚会邀人来玩儿。舞会倒是极少见，可我要坦言，舞会对我绝非一切。我这一向倾心的就是交谈。我想着，到了沃克夫人的聚会上，我可又要谈个尽兴——话说回来，她那些房间啊，真真是袖珍喏。"二人行经平丘山花园门口时，米勒小姐便挂念起焦瓦内利先生。"我们最好直接去正前面那个地方寻他，"她说道，"那儿能观全景。"

"我可绝不会帮你寻他的。"温特伯恩说道。

"那我就自己找咯。"黛西小姐回说。

"可你绝不能离开我！"温特伯恩不由得喊了出来。

她解颜而笑："你莫不是担心自己会迷路——要么，是怕被马车撞了？可你瞧，焦瓦内利都已经来了，正倚着那棵树，望着马车里的那些女人：你可曾见过这般幽寂的人儿吗？"

温特伯恩瞧见远处立着位矮个子男人，双臂环抱着手杖。此人生得着实俊气，歪戴着帽子，饶有风范，还架着单片眼镜，纽孔中缀着束花。温特伯恩打量半晌，问道："你是要同那个男人说话吗？"

"我是要同他说话吗，怎么会这么问？你该不会认为我俩是打手势交流吧？"

"那且请你谅解，"温特伯恩说道，"我要留在你身边。"

黛西驻足，凝神看他，她的面容却未浮现一丝疑云；除了那双媚眼，那对欢乐满漾的酒窝，依然不动声色。"好吧，她才是幽寂的那一位啊！"青年心想。

"你这么说，我可就不爱听了，"黛西说道，"这话怕是专横了些。"

"我若言语有失，请你见谅。实在是急于让你明白我的意思。"

年轻姑娘凝视他的眼神愈加肃穆，可如此一来，眼睛却比平日更美。"任是哪个绅士，我也未曾准他给我下命令，更不可能干涉我的行止。"

"我只是觉得你走了险路，"温特伯恩解释道，"有时候，你也该听听绅士的话——对的绅士。"

黛西又吟吟笑了起来。"我可是除了听绅士说话什么都没做呢！"她高声道，"跟我说说，焦瓦内利先生算不算是那个对的？"

胸上佩花的那位绅士，此刻也已发现了我们的两位朋友，便疾步向年轻姑娘走来，好一股谄媚劲儿。他向温特伯恩鞠了躬，又向他的同伴行了礼；此君有一副灿烂的笑容，一双智慧的眼睛；温特伯恩心下觉得这人长得倒不赖。但他还是告诉黛西："不，他可不是对的那个人。"

　　黛西显然有种天赐禀赋，不矜不盈间，便得以让双方相识。彼此互报姓名后，二人便伴其左右，悠然漫步。焦瓦内利先生英语说得倒也灵泛——许久之后，温特伯恩才得知，这些花哨的漂亮话，他已在无数美国女子耳边练了千遍，这些女子皆为万贯家财的继承人——在她面前，他便侃侃而谈，谦卑有礼，废话连篇；此人谈吐着实文雅，而我们那位美国青年，只在一旁默然，思忖着意大利人的谋略真乃莫可窥探之物，凭着这份伶俐，他们心下愈是失望，面上愈以礼相待。而焦瓦内利呢，当然啦，他本指望与丽人耳不离腮地相处，断未想过要三人同行。可他竟做到了忍气吞声，此兄心中必有深计远虑。温特伯恩不禁自鸣得意，自己已然摸清了对方的底细。"此人并非绅士，"美国青年自语，"不过是个惟妙惟肖的赝品罢了。许是个琴师，要么是个下等文人，三流艺人也有可能。让他那副漂亮皮囊见鬼去吧！"焦瓦内利先生模样确乎英俊，可温特伯恩心中依旧愤愤，不平于他那位惹人喜爱的女同胞，竟浑然不知伪绅士与真绅士的差别。只凭焦瓦内利三言两语，打牙配嘴，便成了赏心悦目的妙人了。的确，他若是个赝品，这仿制的技术也可谓高明。"无论怎么说，"温特伯恩暗自忖度，"好女孩都应该懂的！"如此一来，他便又回到了那个老问题，面前这个终究是不是个好女孩。难不成一个好女孩——即便轻佻的美国小姐吧——能甘愿和一个多半混迹下层的外国人约会吗？再瞧瞧眼前这个约会，的确，二人约在光天化日之下，会在罗马最为熙攘之地；可刻意选择这般情境，难道不表明她已傲世轻物到登峰造极的地步了吗？尽管事出蹊跷，温特伯恩却心中忧闷，这姑娘与心上人见面后，断不该急不可耐欲摆脱他的陪伴，可自己又想陪在她身边，便更添了一重烦忧。料想她定非循规蹈矩、随分从时的年轻女士；而那种必不可少的圆滑老练，在她身上也遍寻不见。因此，若能将其视为传奇作家所书的"桀骜激情"的客体，事情便自会明了。她就该汲汲盼着摆脱他，唯如此，他方能对她越加不屑，而只有心中有了越加的不屑，她的行止才不会如此令他费解。可黛西呢，此时此刻，依然不失为胆气与烂漫的化身，无可挑剔。

两位骑士左右相随，三人游荡了将近一刻钟。温特伯恩一路听来，她话语中尽是稚气未脱的欢喜，以此应对焦瓦内利先生的花言巧语。忽见一辆马车从回旋涌动的车流中驶出，停在路旁。温特伯恩正巧瞥见他的朋友沃克夫人——方才从她家出来——正坐在马车中，还挥手唤他过去。他忙离了米勒小姐，急急走到近旁。

沃克夫人脸红耳赤，激动难抑。"这简直是骇人听闻，"她道，"那女孩万万做不得这档子事，切不可同时与你们两位男士在此地漫步，有五十个人都瞧见她这番作为。"

温特伯恩扬起眉毛。"为这么一件琐事大惊小怪，不会煞风景嘛。"

"由着一个女孩自毁前途才是煞风景呢！"

"她不过是纯真。"温特伯恩辩解道。

"她那是狂悖！"沃克夫人不由得高声道，"你可曾见过如她母亲这般的蠢物？方才你们都走了，我简直坐立难安，想都不敢想。若任由她如此，怎不令人痛心。一股气，我索性订了马车，戴上软帽，火速赶到这里。感谢上帝，可让我找到你们了！"

"你想要我们怎么办呢？"温特伯恩笑问。

"请她上马车，我们得以四下走走，一起逛上半个钟头。只消如此，对于这个世界，她便绝非是个全然放浪的姑娘，最后，我们送她安全返家。"

"这个提议可并非悦人心目哦，"温特伯恩道，"不过试试也无妨。"

沃克夫人便试了。年轻人追上米勒小姐，她却只向车厢里与他对话的女性略一点头，又微微一笑，便径自与同伴走开了。待告诉她沃克夫人有话与她讲，才袅袅婷婷返身回来，身边还陪着焦瓦内利先生。她言及遇此佳时，得以介绍这位绅士与沃克夫人认识，自是欣悦。当下便介绍二人相识，又留意到沃克夫人盖着的小毛毯，便赞叹如此玲珑的宝物，可谓世间少有。

"你觉得这物件入眼，我也欢喜，"沃克夫人粲然一笑，"你可愿上车，也盖在身上一试？"

"哦，不必麻烦，多谢了，"黛西道，"盖在你身上，才好让我欣赏啊。"

"上车吧，和我一道逛逛。"沃克夫人劝道。

"那敢情好，可我正玩得快活呢！"说着，黛西向左右两位绅士扫了一眼，眼神中顾盼生辉。

"也许是快活，可亲爱的孩子啊，那可有违此地的风俗。"沃克夫人苦口婆心，身子在维多利亚马车上前倾着，两手紧握出拳拳之意。

"这样哦，那就该有这么个习俗！"黛西道，"我若是散步不成，定会命不久矣。"

"亲爱的，你该和你的母亲一同散步。"这位来自日内瓦的女士高声叫道，耐心已成强弩之末。

"和我的母亲，亲爱的！"女孩也叫了出来。温特伯恩看出，她已觉察到干涉之意。"我的母亲一辈子也不会走上十步。而且呢，你知道的，"她依旧是齿牙春色，"我也不是个五岁的孩子了。"

"你这个年龄也该懂人情，知是非。你这般妙龄，亲爱的米勒小姐，会被人说三道四的。"

黛西凝视着沃克夫人的脸，笑得越发嫣然。"说三道四？什么意思呢？"

"上了我的马车，我就告诉你。"

黛西又急速望了望左右两位绅士。焦瓦内利先生正忙着来回施礼，没忘了脱下手套，绽开一副可掬的笑容；温特伯恩这边呢，简直是进退两难，狼狈不堪。"我不太想知道你是何意，"黛西旋即答道，"即便知道了，我想我也不会认同的。"

温特伯恩希望沃克夫人能就此掖好毯子，驾车离去。但这位女士当时便已怫然，居然敢违拗她的心意，就如她后来向他坦言的。"难不成你甘愿被人视作鲁莽造次的女孩吗？"她问道。

"老天啊！"黛西喊道。她又瞥了瞥焦瓦内利先生，之后用眼睛睨着温特伯恩。她的脸颊上生了朵朵粉云，看上去简直美若天人。"那么，温特伯恩先生，"她脸上依然含着笑，语调轻缓，头转过来，向他周身上下瞟了一眼，"你觉得——为了挽救我的名声——我应该上车吗？"

温特伯恩霎时红了脸，沉吟良久。"名声"经她一提，分外古怪。他自己的言谈，却句句都定要守礼。而此刻最合时宜的绅士礼数，便是将实话直言相告；而实话呢，读者从我故意留下的些微迹象中已知温特伯恩的为人，于他而言，实话便是黛西·米勒当听从沃克夫人的建议。他凝视着她那五官精致的脸庞，声音轻柔："我觉得你该上车。"

黛西听闻，一阵狂笑。"简直是老古板！我可是闻所未闻。若这便是举止不够体面，沃克夫人，"她接着道，"那我这人骨子里就是不体面的，而你呢，可定要放弃我。再见了，我愿你一路玩得开心！"话毕，她便伴着焦瓦内利先生转身离开。焦瓦内利先生又施了一通谄媚的道别之礼，凯旋而去。

沃克夫人坐在马车中，望其远去，眼中闪了泪光。"上车吧，先生。"她对温特伯恩说道，暗示其坐在身边。年轻人答道，他理应继续陪着米勒小姐；闻得此言，沃克夫人宣称，若他此番相拒，她便从此翻了脸，不再与他讲一个字。显见得她此话当真。

温特伯恩忙追上黛西二人，一边握住女孩的手，一边告诉她由于沃克夫人横加阻拦，他只能去陪伴后者。他心中暗自期许，希望她能就此报以一句随性之言，奚落一番，使她比"鲁莽造次"还放肆百倍，而鲁莽造次，不过是沃克夫人劝她悔改这一善举的托词。可她也只不过与他握了握手，并未瞧他一眼，再看陪在一边的焦瓦内利先生，竟挥舞帽子，大张声势地与他道别。

待温特伯恩坐进了沃克夫人的维多利亚马车，脸上便流露出败兴之色。"你这么做绝非明智之举。"他单刀直入，此时，他们的马车又融入了车流。

"此般情境下，"他的同伴答道，"明智非我所欲，我希求的是真诚！"

"噢，你的真诚不过冒犯了她，令她心生反感。"

"这样子倒也好，"沃克夫人道，"她若真的立意要声名狼藉，越早让我们知道越好，我们便可如她所愿了。"

"我觉得她并无恶意。"温特伯恩答道。

"一个月前我也这么想。可她竟毫不敛迹，实在是得寸进尺。"

"她做了什么？"

"此地全无先例之事，她可是做尽了。但凡是能搭上腔的男人，她都要撩云拨雨，同时呢，又与神眉鬼道的意大利人躲在犄角旮旯。跳一夜舞居然腻着一个舞伴。过了晚上十一点，还不闭门谢客。客人一来，她那位母亲，竟然就离了场。"

"可还有她的弟弟啊，"温特伯恩笑道，"夙夜不眠，就守在那里。"

"那个弟弟也必定是耳濡目染深受陶冶。我听说,在他们住的那家旅馆里,人人都在议论她,一旦有绅士来寻访米勒小姐,侍者间便彼此会意,嗤嗤一笑。"

"那群侍者活该被绞死!"温特伯恩怒气上来了,"可怜那女孩唯一的缺点,"他紧接着说,"就是她桀骜不驯。"

"她那是天生粗鄙,"沃克夫人道,"我们就说今天上午,你们在沃韦相识了多久?"

"也有几日吧。"

"那就想想,她竟然能借题发挥,斥责你离她而去!"

温特伯恩默然良久,方道:"沃克夫人啊,我猜想,怕是你我在日内瓦待得太久了!"接着便询问道,让他上车究竟有何特殊用意。

"我想请你与米勒小姐斩断葛藤,永无纠葛——不再和她调情——也断了她四处招摇的机会——总之,让她孤军独战。"

"恐怕我做不到,"温特伯恩答道,"我很喜欢她。"

"那你就更不该推波助澜,让她落得个身败名裂。"

"在我对她的好意中,才不会有任何败名辱德的事发生。"

"可你这一片好意到了她手里,就必定会滋事的。不过,我此番作为完全出于道义良心,如今话也已说尽了,"沃克夫人接着道,"你若依旧想去陪那位妙龄女郎,尽可以下车。顺便说一句,你还有机会。"

此时，马车已步入平丘花园，立于罗马城墙之上，四顾一望，尽可饱览鲍格才别墅①的种种美景。巨石垒垒，护墙围住花园，墙下放着几把椅子。一位绅士与一位女子正坐在远处的一张长椅上，沃克夫人向那对男女轻甩了一下头发。与此同时，这对男女恰好起了身，向对面的护墙走去。温特伯恩忙命车夫停车，急速下来。他的同伴默然凝视了他片刻；待他脱帽向她告辞，她的马车已逞着凛凛威风，掉头而去。温特伯恩依然伫立原地，他的眼睛却早已望向了黛西与她的骑士。他看得分明，这对男女目中已然无人，二人眼中只有彼此，再无暇顾及其他。待二人驻足于花园的矮墙边，伫立半日，一同远眺鲍格才别墅，看那些平顶松树生得巍峨茏葱；之后，焦瓦内利便一跃坐在矮墙的宽台上，动作驾轻就熟。此刻，只见对面红日西斜，余晖穿过几道云彩，绽放出灿烂霞光；黛西的同伴于是又撑开她的阳伞。她亦凑近了些，他将伞擎在她头顶，伞柄虽仍握在他手中，伞却已倚在她肩上，这样一来，温特伯恩便再难看见二人举动，他们的脑袋已全然隐于伞下。我们的小伙子又盘桓半刻，便也迈步走开了。不过，他迈步走——却并非迈向那对情侣的阳伞；而是走向他姑妈的住所，去探访科斯特洛夫人。

① 鲍格才别墅，十七世纪由意大利红衣主教西皮欧内·鲍格才（Scipione Borghese）主持修建的宫殿，后来被改建为博物馆及公共花园。

第四章

次日，他便去拜会米勒夫人。心中还颇有些得意，毕竟在他问起米勒夫人时，并未见旅馆的侍者间有谁流露笑意。但这位夫人与她的女儿却没在家；隔天，他又去拜访，却依然运气不佳，走了空。到了第三日，沃克夫人的宴会正是定在当晚举行，尽管前次与女主人的会面不尽如人意，温特伯恩却依然被邀为座上客。沃克夫人这一类美国女士，她们旅居国外，总会将一事视为重中之重，照搬她们的话，便是研究欧洲的社交圈子；此次，她收集了数位标本，皆为同胞却出身各异，根底里，这些人都是她探究的素材。是夕，温特伯恩到达宴会时，黛西·米勒尚未露面；不过，不消一会儿，他便见她的母亲孑然而来，忸怩着更显伶仃。她那毫无遮拦的鬓角，竟比往常越发拳曲。她腼腆地凑到沃克夫人身边，温特伯恩也走上近前。

"你也看见了，我是一个人来的，"可怜的米勒夫人说道，"我整个人都惶惶的，手足无措，这可是我头一回只身赴宴——尤其还在异国他乡。我本想带上伦道夫，欧亨尼奥也行，要么随便什么人，可黛西就这么把我打发走了，孤身一人四处交游，我可适应不了。"

"那您的女儿不打算让我们享受她的陪伴了？"沃克夫人问

道，脉脉情切。

"喔，黛西早就穿戴妥当了。"米勒夫人语调依旧一派历史学家的风范，雍容不迫若言过其实，神色不惊也绝称得上。她女儿生活中的风吹草动，她都能娓娓将其道来。"她特地在晚饭前就打扮齐整。可她的一个朋友过来了，就是那位绅士——那个意大利人——她想带过来的那个人。他们弹起了钢琴，好像一时又来了兴致。焦瓦内利先生的歌声也的确清悦动听。不过，我觉得他们不多时就能赶过来的。"米勒夫人话音中忽然有了希望。

"真遗憾，她会来——那么晚。"沃克夫人道。

"是呢，我也跟她说了，她若打算拖上三个钟头再出发，饭前就穿得花枝招展可就是白费工夫了，"黛西的妈妈答道，"她穿戴一新，然后和焦瓦内利先生闲坐着，这又是何苦来得呢？我可是弄不清。"

"耸人听闻！"沃克夫人转过身，对温特伯恩说道，"她简直出尽了洋相。[①]她这是在报复，报复我竟敢不顺着她的心愿，敢规劝她走正路。待她来了，我可断不会理她的。"

过了十一点，黛西才姗姗来迟，不过，她可绝非那种在这种场合等着别人搭话的女郎。只见她娇艳夺目，裙裾窸窣，莺声燕语，怀中抱着捧硕大的花束，焦瓦内利先生一路相随。屋中众人皆噤声不语，转过身打量她。她径自走至沃克夫人面前，语笑嫣

---

① 此处原文为法文。

然。"我担心你会以为我永远也来不了了，就把母亲先派了来，也好言语一声。我想让焦瓦内利先生先练练歌，再过来赴宴；他的歌声太美了，遏云绕梁都不为过，我满心希望你能让他唱首歌。这位就是焦瓦内利先生，你该记得的，我先前引见过；他真是得了副娱心悦耳的好嗓子，而他唱的那些曲子呢，也可谓婉转悠扬。我今晚还特意让他练了那组曲子，方才在旅馆，我们俩简直玩得乐不思蜀。"讲这些话时，黛西声音清甜，清楚分明，她一忽儿凝视女主人，一忽儿又环顾整个房间，不时还轻轻拍打肩膀周围，又掸掸裙子边沿。"这儿可有我认识的人吗？"她问道。

"依我说，怕是所有人都认得你！"沃克夫人此话意味深长，接着她便与焦瓦内利先生草草打了个招呼。这位绅士此刻的举止恍若骑士：一边鞠躬行礼，一边微笑着露出皓齿，撇着他的小胡子，眼睛滴溜溜转，长相俊俏的意大利人在晚宴上该说该做的，他也一应俱全。他还唱了六七首歌，确也自有妙处，尽管后来沃克夫人坦言，她根本查不出是谁命他唱歌的。显见得不会是黛西。虽说前番，黛西可谓大肆张扬了自己对其歌声的仰慕，可待他真唱起来，她却坐得离钢琴远远的，还絮絮地聊着天，也没刻意轻言轻语。

"这些房间小成这样儿，多可惜啊，我们都跳不成舞。"她对温特伯恩说道，仿佛二人才五分钟未见。

"于我而言，不能跳舞倒并非憾事，"温特伯恩答道，"我不跳舞。"

"你自然是不跳舞的，你这个老古板，"黛西小姐道，"但愿你和沃克夫人驾车甚惬你意。"

"不，那可远非我的心意，其实，我很想与你一同散步。"

"我们各走各的，倒也好，"黛西答道，"不过，说到沃克夫人那日的话，你不觉得她未免有些冷面冷心吗？竟让我撇下可怜的焦瓦内利先生，上车与她离开。而且，居然还说这才是合适之举？殊不知人各有别啊！那样做岂不令人寒心？为了那天的散步，他可是念叨了十天呢。"

"他本就不应系念着什么散步，"温特伯恩道，"他断不该不知深浅，请此国的姑娘携手漫步街头。"

"不该漫步街头？"黛西高声道，眼波流转，一双俊目睨着他，"那他又该请姑娘去何处走走呢？何况，平丘也不是街头；还有啊，我呀，感谢上帝，我可不是什么此国的姑娘。此国的那些姑娘，据我所知，可是过得没劲透了；我就不明白了，我何必为了那些人而变了自己的行事作风。"

"你的行事作风怕是与那轻薄脂粉同出一辙吧。"温特伯恩正颜劝道。

"当然啦，"她叫了出来，眼中含笑望着他，"我呢，就是个令人闻风丧胆的轻薄脂粉！你曾听过哪个好女孩不是轻薄脂粉的吗？可我猜啊，你现在又要告诉我我不是个好女孩啦。"

"你的确是个很好很好的女孩，可我希望你能与我调情，单和我一人。"温特伯恩答道。

"啊，谢谢啦，十分感谢；你呢，是这世上我最不想挑逗的人了。我之前也有幸告诉过你，你真真是个老古板。"

"这个词你再三讲过的。"温特伯恩怨道。

黛西又一阵欢笑，可见心思雀跃。"倘使能圆了我的绮愿——能把你惹恼了，那我愿说个再四。"

"千万别。我若是生了气，就会比平日愈加呆板。可你纵是不与我调情，也至少听我一句，断断不可再和钢琴边儿上那位你的朋友调笑了，这里的人不解风情。"

"我怎么觉得他们对其他的倒是一无所知呢！"黛西说道。

"可你有所不知，对于年轻的未婚女士，就万万不可。"

"我倒觉得年轻的未婚女士可比年老的已婚女士更适合呢。"黛西应道。

"事出有因，"温特伯恩解释道，"你若与本地人打交道，就定要体识民风，入乡随俗。调情是地道的美国风俗，在这儿却不适用。如此一来，可以想象，当你与焦瓦内利先生一同在公开场合抛头露面，你的母亲又不在场……"

"老天啊！可怜的母亲！"黛西打断了他的话。

"虽说你也许在戏谑玩笑，焦瓦内利先生却未必如此，难保他不会居心叵测。"

"不管怎么说，他可没说教什么大道理，"黛西绘声绘色，"倘使你果真祈盼着想听实话，其实，我与他谁都没调情；我们之间莫逆于心，根本用不着调什么情，可以说，我们俩可谓至交密友。"

"啊！"温特伯恩叹道，"倘若你们果真两情相悦，那自然另当别论了。"

至此，他这番直言相劝，她尽都听着，任由他说，二人心迹也已袒露，他便根本未曾料到自己的无心之言竟突地惊到了她；只见她兀地起了身，红云满面。见此情状，他心中暗暗惊叹，这些美国的调情小姐还真是尘世间最莫测的生灵。"至少，焦瓦内利先生，"她一边说，一边瞥了这位谈话者一眼，"他可从未说过这般惹人厌烦的话。"

温特伯恩心中一片惘然，怔在原地，空空凝望。此时，焦瓦内利先生的歌声已止，他离了钢琴，来到黛西身旁。"你难道不想去别的房间坐坐，一起喝杯茶吗？"他问道，脸上挂着他那副装饰的微笑，在她面前弓下腰。

闻得此言，黛西又转向温特伯恩，渐渐展了笑颜。他的那份迷离怅惘竟是有增无减，因为这一抹微笑，既浮现得不合时宜，又未曾使事态明朗，尽管这一笑，倒是看出，她为人素来温柔，善解人意，即便遇到别人出言不逊，也出于本性便体谅了。"温特伯恩先生从来就没想过给我杯茶喝。"她说道，依然带着折磨人的小心思。

"我给了你建议。"温特伯恩应道。

"我可是偏好喝杯清茶！"黛西边高声说着，边就偕着敏妙伶俐的焦瓦内利一径走开了。晚宴中剩余的时光，她都与他齐坐在隔壁的斜窗下。钢琴边儿上倒是有番趣味的表演，可这对年轻人却也不为所动。待黛西来向沃克夫人道别，而这位沃克夫人，考虑到行事周全，自觉之前女孩初来时自己的态度过于怯懦，整个晚上都芒刺在心，正逢此良机，大可弥补之前的失误。遂直接扭过身子，背对着米勒小姐，看看这姑娘怎么优雅地离开。温特伯恩立在门旁，一切尽看在眼中。只见黛西脸色煞白，望向她的母亲，而米勒夫人性子谦卑，对是否触犯社交礼仪无知无觉。不过，看来米勒夫人确乎生出了一种不合时宜的冲动，想让众人留意到自己对礼仪通透得很，便道："晚安，沃克夫人。"并接着说："我们度过了一个美妙的夜晚。你也看见啦，我就算让黛西独自来赴宴，也断断不肯让她形单影只着回去，没我在她身旁不行。"黛西转过身，苍白的脸上神色愀然，眼睛望向门口聚集的人；温特伯恩看得清楚，这是他第一次在她脸上看见震惊与迷惘交杂着，她甚至都忘了此时当诉诸怒气。他的心兀自一动。

"这样做，岂不是冷酷无情吗？"他对沃克夫人说道。

"她永远都别奢望再踏足我的客厅。"女主人答道。

既然在沃克夫人的客厅是见不到她了，一有空闲，温特伯恩便往米勒夫人的旅馆跑。两位女士却很少在家，就算正巧遇见了，那个忠心耿耿的焦瓦内利也无时不在。这位教养十足的罗马小男人常常和黛西在客厅独处，显然，米勒夫人准是一向就认定了监察的高妙之处在于给予对方行动自由。有一件事，起初还令温特伯恩深为惊异，他留意到，无论何时，对于他的出现，黛西都未有过一刻的不自在，变脸发脾气更是不曾有的。可他也立时感到，她再做什么都不会令他意外。她做事，唯一可预见的唯其不可预见。若说他惊扰了二人的"耳鬓厮磨"，她也未曾有些微不快；无论是面对两位绅士，还是与一位独处，她都一贯清新可人，无拘无束。她的话语间，永远弥漫着胆色与纯净的奇妙混合物。温特伯恩暗自思量，这女孩若果真对焦瓦内利动了心，为了二人相会，她竟毫不费心筹划，使之更不容外人侵犯，这种不拘小节倒也不可思议；而也正因她本心纯真，面容上便有了那种对一切漫不经心的神情，还有那似乎永不光火的好性子，他呢，便越发醉心于她。若细究起来，他也道不出个所以然，可在他眼中，她是个永不知嫉妒为何物的女孩。即便冒着让读者嗤笑的风险，我也要提起一事，迄今为止，惹起温特伯恩兴趣的女性，除了某些偶然的时刻，其中大多让他心怀敬畏，他是真真切切怕着这些女子。可他自知在黛西·米勒面前，他永不必诚惶诚恐，这份轻松自在令他欣悦。必须言明，这种情感对黛西可绝非有利。正因为这种随意，他心中便多了几分认定，更或，是添了几重的忧心——这个女子想必是个水性杨花的姑娘。

可这位姑娘明显对焦瓦内利饶有兴趣。无论何时，但凡他一张口，她定会相凝视；还永不停歇地要他做这，命他做那；她还无休无止地将他"调侃"，好一番呵遣斥逐。就好像温特伯恩在沃克夫人的那场小宴会上与她讲的那些不顺耳的话，她俱已忘却。一个礼拜天的午后，温特伯恩陪着姑妈一道去圣彼得大教堂，正见黛西在大教堂中信步漫游，身边缠着那个无所不在的焦瓦内利。当下，他便将那个女孩和她的护卫者指与科斯特洛夫人。这位女士透过她的单片眼镜瞧了那二位半晌，问道：

"你这些天终日郁郁寡欢，都是因为这个，对吗？"

"我何曾郁郁寡欢？我却不曾知晓。"年轻人争辩道。

"你总是在神游，一直心事重重。"

"神游什么呢，"他问道，"您说我心事重重，那我心中会牵挂何事呢？"

"牵挂那位年轻女士，贝克小姐？钱德勒小姐？她叫什么来着？是米勒小姐，你牵挂的怕就是她与那个小个子私通一事。"

"您当真觉得能称之为私通？"温特伯恩问道，"如此明目张胆地出双入对，岂不招人耳目？这会是一场风流事？"

"那是因为这二位是一对愚夫蠢妇，"科斯特洛夫人解释道，"这可算不上什么高人之处。"

"并非如此。"温特伯恩反驳道，脸上又浮现了悒郁之色，正是他的姑妈方才提到的神情。"我不相信他们之间能有什么风流野史。"

"至少有十来位跟我说起她，说她呀，被他迷得颠颠倒倒。"

"他们二人倒是十分交好的。"温特伯恩答道。

科斯特洛夫人便又举起她的眼镜，方细细检视这对年轻情侣。"他还真是生得俊俏。内中情由一看便知。她认定他是这世上绝无仅有的优雅男子，最最上乘的绅士，如他一般的人儿她还从未见过，定是觉得他甚至胜过了那个向导。多半是那个向导介绍二人相识，若是他真的娶了这个姑娘，那个向导定会得一大笔酬金的。"

"我可不觉得她会起心嫁给那个男人，"温特伯恩说道，"而且，依我看，他也未曾奢望过娶她为妻。"

"你尽可以认定她脑中一无所有。过得就好似黄金时代①的人，日复一日，分分秒秒地得过且过罢了。还有什么比这更粗俗鄙陋呢，我可是想不到了。而且，就算如此，"科斯特洛夫人接着说，"等着瞧吧，她随时都可能告诉你她已'订婚'了。"

"果真如此，连焦瓦内利也要出乎意料了。"温特伯恩答道。

"焦瓦内利又是哪位？"

"就是那个小个子意大利人。我暗中打听，对他也略知一二。他倒赫赫然是个极其可敬的小男人。依我说，他真有几分像个律师。但我们公认的上流圈子，他是绝进不去的。我猜若说是那个向导引荐的他，倒也并非无此可能。毫无疑问，他为米勒小姐所倾倒。她若认定他是这世间最一流的翩翩公子，那他这边呢，也绝不曾交往过这样的姑娘，显赫如斯，荣华如斯。而且在他眼中，她定是美得不可方物，举止又自有一番意趣。若说他曾有什么非分之想，幻想着娶她，那我是不信的。这个意大利人定然心

---

① "黄金时代"，这一词惯常带有怀旧意味，指过去的某段时间，将那昔日比之今日，人们道德感更强，社会生活更具田园风味，行为举止也更加高贵。但科斯特洛夫人话中似带轻蔑，许是与田园诗相联系，指缺乏思想的享乐主义时代。

知肚明，这等好运气他便是白日做梦也梦不到。他除了张漂亮脸蛋儿，一无所有，而在那片莫测神秘的富庶之地，别忘了，还有个米勒先生，坚不可摧傲然屹立。焦瓦内利该恨自己给不得她体面的头衔，若生为伯爵身，哪怕袭了个侯爵也好啊！这家人待他如上宾，怕他是已感叹福哉幸哉了。"

"他会将这福幸都归因于自己那副好皮囊的，之后呢，就必然将米勒小姐视为耽于妄诞幻梦的痴人！"科斯特洛夫人下了判词。

"有一事倒是坐实的，"温特伯恩接过话头，"黛西与其母的心念都还未拔升到那个层次——该如何将之命名呢？——文化修为的层次，只有到了这一层，人才会萌发钓个伯爵，追个侯爵的念头。我坚信，这母女二人断无此念。"

"啊！可那位护花使者又怎会理解这个中情由呢。"科斯特洛夫人应道。

当天，温特伯恩在圣彼得大教堂竟听得了各方情报，直指黛西"私通"一事。十几位来自美国的殖民者奔凑于罗马，与科斯特洛夫人会面清谈。壁柱擎擎，科斯特洛夫人便搬来一张矮凳坐在柱下。几步之外，教堂的高台上，传来阵阵晚祷歌声，伴着风琴，妙音泠泠；而这一边，科斯特洛夫人与朋友们嘁嘁喳喳议论着可怜的小米勒，她的"得寸进尺"可谓有目共睹。这些尖言冷语听得温特伯恩心中好生不悦，他便出了教堂，可巧刚在巨大的石阶上站定，就见黛西先他一步，正偎着同伴上了辆敞篷马车，向罗马那几条最遭人非议的街道骎骎而去，他也不免觉得这姑娘确是做得过火了。他对她怀了悯恻之心——倒并非因为他认为黛西已然迷了心窍，而是这些充斥耳中的风言风语，竟俱将毫无城府、不事造作之美贬损为伤风败俗的粗鄙之物，好不让人痛心扼腕。此后，他又试着向米勒夫人暗暗提点。一日，他在街上遇见个朋友——如他一样，四处游玩的旅人——那位友人才出了多里亚宫 ①，温特伯恩方才也在这座华美的宫殿中周转消遣。这位朋友先是与他聊了一阵子委拉斯开兹为教皇英诺森十世画的画像 ②，这幅技艺殊绝的画正挂在这座宫殿的一间陈列室中，接着友人便说："对了，就在同一间屋子，我有幸欣赏了另一幅画，画风可是迥然不同——就是那位美国佳丽，你上礼拜指给我看的那一位。"温特伯恩又一再追问，这位友人便讲起，适才见这位美国佳丽——比往日还要娇娆千倍——与一位同伴栖身于一个深幽隐秘的角落，正在那间珍藏大主教画像的房间内。

"她的同伴是哪一位？"温特伯恩问道。

"是个意大利的小个子男人，纽孔中插着花束。那女孩确是芳姿悦目，不过，我似乎也体悟出你那日所言不虚，她确是极好的上等女子，必是出身上流社会。"

---

① 多里亚宫，建于十七世纪，曾属多里亚家族，后成为博物馆。
② 该画像系由西班牙画家委拉斯开兹（1599—1660）所画。亨利·詹姆斯将他的这位拥有真正的天真无邪却被世人怀疑的女主人公，置于文艺复兴时期的教皇英诺森十世（Innocent X, innocent 英文意为"天真"）的画像之下，而这位教皇的生活却远非天真，可以说，詹姆斯"创作了一个图像的双关"。（艾德琳·R.廷特纳，《亨利·詹姆斯与双眼的欲望》，巴吞鲁日与伦敦：路易斯安那州立大学出版社，1993 年，第26页）

"这断断假不了的！"温特伯恩答道。他忙不迭地问询这位告密者，得知就在五分钟前还见黛西二人坐于殿中，便仓促跳上一辆马车，急着去拜访米勒夫人。正巧她此刻在家，不过，这位母亲却满脸歉意，解释说黛西此刻出门了，只能由她来待客。

"她和焦瓦内利先生出去了，"米勒夫人说道，"她这些日子总和他四处游荡。"

"他们二人倒是合契得很。"温特伯恩接口道。

"噢！他们俩真仿佛耳不离腮，影不离形！"米勒夫人说道，"好在呢，这位焦瓦内利先生无论哪方面都是个地道的绅士。我这一向都跟黛西念叨，说她俨然像个订了婚约的姑娘！"

"黛西又如何说呢？"

"哦，她说自己根本未订过什么婚，不过倒也不妨订个婚！"这位长辈遇事还真一向不偏不倚，只听她接着说道，"她还是成日像有婚约在身似的。不过，即便她瞒着我们，焦瓦内利先生那边，我可是让他许诺了，若有变动，必定要通告一声。我也该给米勒先生写封信，讲讲这件事——你觉得呢？"

温特伯恩答说，此举自然很好。暗暗自忖，他今朝可是见着个毫无戒心的母亲了，这种放马南山的姿态在他所见的父母中也堪称罕见，便心知自己此番又是白费功夫。想点醒她，让这位母亲昼警夕惕，真好比天方夜谭。

谁料这日之后，黛西根本不着家。到了二人都相熟识的人家中，温特伯恩也难觅其芳踪。原因呢，正如他早先所料，这些人聪明玲珑，一并主张将她视为行事出格的女子，大小宴会都不再邀她。这手段情断义绝，其实是心中另有所图。摆明了是给那些欧洲人看的，因知道欧洲人在一旁看得分明，这些旅居欧洲的美国人便使尽解数，不过是欲向欧洲人昭显一个了不起的事实：虽说黛西·米勒小姐是位年轻的美国女士，她的言谈举止可无甚代表性，恰恰相反，倒为其同胞所弃，鄙为悖逆不轨的非常之举。温特伯恩暗自揣测，不知黛西遭此冷遇，作何感想，有时又不免心生懊恼，因他猜度黛西对自己所陷境地根本就一无所察。这姑娘无虑无思，又天真烂漫，性子野不说，还一向率性而为，活像个山野村夫，这样的她别说清夜扪心，连自己被摈斥为异己这件事，怕是都不曾领悟。可转念一想，温特伯恩又坚信，黛西这个风姿俊逸的小生物体，看似毫无顾忌，里面却深藏着一个睥睨天下、豪情激荡的女子，这个女子对自己留给世人的印象看得一清二楚。他又自问，黛西这般嶙嶙傲骨，究其成因，到底是生发于她心底的不谙世事，还是更得自于这姑娘的出身，因袭于那个无所顾惮的阶层。不过，温特伯恩不得不坦言，自己一味执着黛西的"天真无邪"，如今看来，竟越发像一件煞费苦心的君子所为。之前也已言及，温特伯恩自认一向通透世情，如今竟沦落为步步维艰地推测这姑娘的行事逻辑，不由得便怏怏地生自己的气；想这姑娘行事奇谲，到底有几分源于美国人的一概天性，又有几分是她迥然的个性使然，他凭着直觉竟寻不见一点门路，怎不生气。其实不管哪一种占了上风，他对她总有几分念念不忘。事到如今，却已晚矣。她已被那位焦瓦内利先生"迷了心魄"，大势已去。

自与黛西的母亲短暂会面之后，又过了几日，这一天，温特伯恩踱至繁花烂漫的恺撒行宫①，眼前云蒸霞蔚，却在那遗址中巧遇了黛西。罗马城正逢早春时节，旖旎馣馣花香阵阵，宫殿山沿路崎岖，葱翠茵茵。彼时，黛西正沿着其中一座古冢姗姗漫步，虽是颓垣断壁，却依然巍峨壮观，一道道碑文篆刻于古冢之上，而古冢边沿的大理石堤却已苍苔斑驳。温特伯恩心中若有所思，罗马可是从未如此刻这般迷人。静立远眺，见那遥远之处，斑斑色彩与缕缕线条，竟莫不和谐，别有一种可人景致。澹荡春风，漾着轻柔潮气，呼吸间，这春回之时的清新，与这片废墟历经的沧海桑田，不可思议地融为一体。而且，在他眼中，黛西的姿容竟也从未如今朝这般，真可谓人间绝色，不过，他每每遇见她，无论何时，总是萌生此种想法。焦瓦内利依旧伴其左右，甚至连他的气色也不比寻常，脸庞焕发出光芒。

"喔，"黛西道，"我料到你定是伶仃一人！"

"伶仃一人？"温特伯恩问道。

"你四处游走消遣，往来却总只一人。难不成你倒寻不见个伴儿陪陪你吗？"

"我可没有那般好福气，"温特伯恩答道，"比不得你的同伴。"

---

① 恺撒行宫，古罗马遗址，位于帕拉蒂尼山上。

二人相识以来，举手投足间，焦瓦内利对温特伯恩都毕恭毕敬。闻其言，必俯首帖耳以顺其意；温特伯恩随口的寒暄之词，他也必识趣地笑上一笑。就仿佛他急于彰显自己对温特伯恩已青眼相加，殷勤地希望温特伯恩知道，他在自己心中可谓人才魁伟。观焦瓦内利的一言一行，竟丝毫不像个醋海翻波的情人，显见得此人八面圆通，惯使伎俩，你若是有心想让他在你面前轻声下气，那他还真就不会拂了你的意。有时，温特伯恩甚至会觉得焦瓦内利若能遇见个明其心事的知己，心中不知会生起多少快慰——这个意大利人便能与此人直言相告，自己如此聪明灵泛，感谢上帝啊，他又怎会不知面前这女子是位一等一的人物？他左右也有自知之明，才不会认妄为真，更不会飘飘然，用那诞谩不经，乃至荒谬绝伦的希望来自我陶醉，做着人财两得的美梦。再看眼前，这位焦瓦内利已离了他的同伴，信步走远，摘了枝杏花，又小心翼翼将其插入纽孔中。

"我也晓得此言因何而起，"黛西道，眼神脉脉，凝望着焦瓦内利，"你定是觉得我四处游玩，却总是带上一个他！"她向那位跟班点点头。

"大家都有此意——你若当真介意人们怎么想的话。"温特伯恩道。

"我当然介意了！"黛西正颜道，"不过，我可是一个字都不信。他们不过是在装样子，假装失惊打怪的。其实，我的所言所行，他们才不会真的放在心上呢。更何况，我也没有到处游玩啦。"

"终有一天你会悟到他们确是在意的。他们会变得——不再友善。"

黛西定定地瞧了他片刻。"怎样的——不再友善?"

"你难道就没察觉到什么吗?"温特伯恩问道。

"我觉察到你了呀,可我初次见你,就觉得你像个木头疙瘩,真真儿的老古板。"

"你会明白的,那些人可比我古板多了。"温特伯恩微微含笑道。

"我怎么才能明白呢?"

"去拜访那些人。"

"他们又会如何呢?"

"待答不理。知道会是什么样吗?"

黛西紧紧盯住他的眼睛,她的脸霎时红了。"你的意思是,就如沃克夫人那一晚"?

"没错!"温特伯恩答道。

她的目光游向焦瓦内利,见他正摆弄着一枝杏花,忙着装扮自己。她的眼神又回到温特伯恩身上,说道:"我总觉得你不会听之任之,竟会任由他们无情无义的!"

"我又如何能拦得住呢?"他反问道。

"我认定你终归该站出来,说句话的。"

"我的的确确说了,"他话音稍顿,接着说道,"我说你的母亲告诉了我，她断定你已订婚了。"

"对啊，她倒真的这么想。"黛西也只寥寥答道。

温特伯恩笑了起来，问道："那伦道夫也信了吗？"

"伦道夫哦，依我说，却是个什么也不信的人。"黛西答道。伦道夫的怀疑论让温特伯恩笑得愈加开怀，却见焦瓦内利正回转身向他们走来。黛西也瞧见了，却又对她的同胞说道："既然你提起来了……我确已订婚了。"温特伯恩凝睇不语，笑也敛了踪迹。"你根本不信！"她又道。

他静默半晌，终于道："不，我信！"

"哦，不，你不信，"她答道，"好吧，那样的话呢，我可并没呢！"

言罢，女孩携着她的导游一路走向院门，而温特伯恩呢，他才刚到不久，当即便和两位道了别。一礼拜之后，他去西莲山上一桩精美的别墅中赴晚宴。到了山上，他便遣走马车，正逢夜色柔美，他决意归家路上漫步一程，也好在夜幕下的君士坦丁凯旋门中尽兴彳亍，沿路还得以流连灯光幽冥的古罗马广场。[1] 当晚夜空中一钩残月悬挂，月华虽不皎洁，但待缺月掩映在薄云后，月光便泅晕开来，四处竟会流溢淡淡幽光。待他出了别墅，缓步向家走去（已是夜里十一点），眼前正是罗马斗兽场，这座环形建筑已隐匿于夜色中，只见暗影幢幢，他心中一闪，自己一向嗜

[1] 君士坦丁凯旋门系公元 312 年为庆祝君士坦丁大帝的胜利而建。古罗马广场是古罗马帝国的社交、政治、宗教中心。

爱美景，而值此良宵，斗兽场内定是一片淡月清风，怎不值得一观？便转身走到一处洞开的拱门前，此时方留意，这道门旁停着辆敞篷马车——那种罗马街头常见的小型出租马车。随后便进了石门，穿过这雄伟建筑那宛如洞穴的荫蔽处，站在空荡荡的竞技场上，幽阒寥夐，莫可名状。这方土地，竟从未如此刻般令他叹为观止。斗兽场巨大的圆形建筑有一半隐入深影中去，另一半在熹微的暮色中兀自沉睡。他伫立，口中默念起拜伦《曼弗雷德》中的著名诗句①；可未及诵完，便记起，若说在斗兽场的暗夜中沉思默想乃诗家风尚，但却为医家所斥绝。当此际，历史气氛自然足透，不过，所谓历史韵味，科学地讲，并不比凶险的瘴气好多少。温特伯恩踱至竞技场中央，想着再总览一番便速速离开。立于中心的巨大十字架藏身于一片暗影中，只有待他走近了，方辨其形状。其时，他便朦胧看见两个人影，立身于十字架基座下的矮阶上。其中有一位是个女子，正坐在台阶上，她的同伴站在她的对面。

蓦然间，一阵熏风吹过，将那女子的声音送至耳边，清晰可辨。"看哪，他瞧我们俩的眼神儿，活像头老狮子，要么就是只

---

① 《曼弗雷德》是拜伦的著名诗剧，其第三幕第四场一开始便提及罗马斗兽场：
　　"我曾经伫立在科利塞阿姆的围墙里，
　　徘徊在伟大的古罗马的著名废址中。
　　沿着颓败的拱门生长着葱葱的树木，
　　在阴沉的午夜时分，暗影浮动，
　　星光穿过残坦的裂隙，萤火闪烁，……"
　　（译文引自《〈曼弗雷德〉〈该隐〉：拜伦诗剧两部》，拜伦著，曹元勇译，北京：华夏出版社，2007年）

年迈的老虎，正盯着殉道的基督徒呢！"字字句句听来，腔调却是熟稔的，无疑，是黛西·米勒小姐。

"让我们寄希望于他还没饿到饥火烧肠，"焦瓦内利确是千伶百俐，他琅琅道，"他会先吃了我，你呢，可以留着当甜点！"

温特伯恩停下脚步，心中骤然一惊，不过，不得不说，这一瞬间倒也如释重负。仿佛有道光照亮了黛西那些暧昧不明的举动，疑云尽数散去。面对她这样的姑娘，即便是个绅士，也根本无须再劳神对其以礼相待。他静静站着，凝神看她——又定定地望了望她的同伴，未曾想到尽管自己眼中的二人蒙昧晦暗，他们眼中的他定是披了一身的月光，了然可辨。他不免自怨自艾，想自己之前竟熬心费力，只为了能在对待黛西·米勒小姐时更通情理。他本欲走上前去，却又一转念，止住步子，倒不是唯恐冤枉了她，而是生怕自己这一向兢兢业业品度定级，此刻一下子豁然开朗，抽身而退时难免会显得异常欢喜，倘若如狂岂不失态？便转身走去入口，却在此时听到黛西又开了口。

"哎呀，是温特伯恩先生！他明明看见我了——却躲着我！"

好一个敏慧的小邪女啊！她装成一副楚楚可怜的无辜样儿，真是像极妙极！不过，温特伯恩不会冷着她的。他又走上前去，走向那巨大的十字架。黛西已起了身，焦瓦内利脱帽致意。当此际，温特伯恩却自思此种行径不啻癫狂之举，从健康的角度讲，竟让一个弱质纤纤的女孩深更半夜在滋生疟疾的巢穴打发时光。即便她真就是个狡黠的放荡姑娘，那又如何呢？那可并不足以让她死于恶性高热病啊。"你在这地方待了多久了?"他问道,语气近乎强横。

黛西本就生得霞姿月韵,月光更为其增色,她凝目望着他,片刻之后,方款语轻言:"整个晚上……无限美景,我见所未见。"

"依我看,"温特伯恩应道,"你心中断不会认为罗马热病是何等胜景的。病就是这么染上的。我就不明白了,"他转向焦瓦内利道,"你一个罗马本地人,眼看她这样草率行事,居然也由着她。"

"啊,"这位昳丽的本地人答道,"我的性命,我根本不会挂心的。"

"我也不会挂心的——若是你!我忧心的是这位姑娘的安危。"

焦瓦内利扬起那两道清俊的眉毛,亮出一口皓齿,却依旧驯顺,安然接受了温特伯恩的指责。"我提醒过小姐,这样做有失慎重,可小姐行事又何曾谨小慎微过呢?"

"我从未生过病,而且注定不会生什么病!"这位小姐朗声道,"我虽看上去弱,身子可是壮得很呢!我不过是想看月色中的斗兽场。未曾亲眼看见这般景色,我断不肯回家;而且,我们度过了最美妙的时光,焦瓦内利先生,不是吗?若果真有什么闪失,欧亨尼奥会给我些药片的。他那些药片啊,可是灵光呢。"

"我还要劝劝你,"温特伯恩坚持道,"上车回家,越快越好,再吃上一片药!"

"确是明智之举,"焦瓦内利应道,"我去看看马车是否已准备停当。"便急速走开了。

黛西随着温特伯恩向外走。他不时望向她,而她却未曾流露一丝窘迫。温特伯恩默然无语,黛西感慨着眼前的美景:"喔,我已看过月光下的斗兽场啦!"她欢呼道:"真是美不可言。"待留意到温特伯恩的静默,她便问他因何不讲话。他却依然默不作声,只是忽然笑了起来。此时,二人正走过幽暗的拱门;焦瓦内利站在对面的马车前。黛西猛然停住脚,驻足片刻,眼睛望着这位年轻的美国人。"你那日是不是认定我已婚约在身了?"她问道。

"那天我认定了什么,此刻已然无关紧要。"温特伯恩说道,笑声不止。

"好吧,那你此刻又洞悉了什么呢?"

"我已明白无论你订婚与否,都无甚差别!"

他能感觉到女孩的那一双清眸透过拱门下幽深的暗昧,直直凝望了他半日,显然有话要说。可焦瓦内利在一旁催促道:"快点儿,快点儿,我们倘能赶在午夜前进得屋去,就安全无虞了。"

黛西上了马车,坐定下来,那个幸运的意大利人相伴在侧。"别忘了吃欧亨尼奥的药片!"温特伯恩嘱咐道,轻轻抬了抬帽子。

"我才不在乎呢，"黛西道，音调听来却有些陌生，声音很细，"这罗马热病，得或不得，都无所谓！"一语未完，车夫已扬起马鞭，古老的人行道上四处打着补丁，马车幽辚而逝。

温特伯恩呢，说句公道话，事实确也如此，那个午夜，巧遇米勒小姐与一位绅士在斗兽场游荡这桩事，他可是守口如瓶。但即便如此，几日后，黛西那夜出游的种种竟在美国人的小圈子中传得沸沸扬扬，以致尽人皆知，少不得被人大做文章。温特伯恩暗思，流言定是发于旅馆，黛西深夜归家，门童和车夫免不了打趣一场。可也就在此刻，这位年轻人意识到，虽说这个美国风流小姐已沦为粗鄙下人茶余饭后的"谈资"，遭人谤议，他却不会再因此痛心疾首。一两日后，却也正是这些人又抛出了重磅消息：这位美国风流小姐已身染重病。温特伯恩听闻此言，即刻便赶往旅馆探问。发现已有两三位品性宽厚的友人，在他之前来访，此刻，他们正聚在米勒夫人的客厅，由伦道夫招呼着客人。

"在夜里弥漫开的，"伦道夫说道，"她就是这么染上的病，总在夜里出去逛。我都想不出她喜欢夜晚什么——漆黑一片。这儿的晚上除非出了月亮，平时可是一抹黑什么都看不见。在美国，月亮可一直都在！"米勒夫人没露面。至少此刻，她终于肯陪陪女儿了。此种光景，可见黛西已命在旦夕。

温特伯恩常去探询病情，一次，遇见了米勒夫人，见她虽深受打击，却还从容不迫，着实让人惊讶，再看这位母亲，行事作风都俨然是个心灵手巧、干练明智的护士。她在一边喋喋不休地谈着戴维斯医生，温特伯恩却暗自赞叹，面前这位女士，终究不是个一无所长的呆鸟啊。"有一日，黛西提到了你，"她对他说道，"虽说有一半的时间，她都在说胡话，可那一次，依我看，她的神思倒清醒。她留了个信儿给你。让我转告你，她从未与那位俊美的意大利人订婚。我听后也是很欢喜的；自打她病倒了，那位焦瓦内利先生就一次都未曾登过门。我这素来都视他为正牌绅士，可他这种举动料定不是绅士之作为啊！一位女士劝我说，许是他担心我怪罪他，怕我怨恨他带着黛西夜深了还四处游荡。好吧，怨是怨的；可我想他该知道我可是个淑女。大吆小喝去谩骂？我才不屑呢。不管怎么说，她说了，她没订婚。我不晓得为何她执意要你知道；不过，她可跟我念叨了三遍——'切切记住，定要告诉温特伯恩先生。'之后，她又叮嘱我问问你，是否还记得那一次，你们二人一道去游瑞士的那座城堡。可我当时就告诉她，这样的话我可不要去传。不过，她未曾立过婚约这事儿，听来着实让我欣悦。"

可正如温特伯恩所说，此事已然无关紧要。可怜的女孩又熬了一礼拜，便香消玉殒。她染上的是一种较严重的热病。她的坟墓设在一个埋葬新教徒的小墓园内，藏身于罗马帝国城墙下的一隅，坟前青柏苍翠，迎春花正葳蕤。温特伯恩与许多哀悼者一同站在墓旁；念及这位姑娘生前事迹，她曾引发的各路流言，谁能料到送葬的人数竟也如此多。焦瓦内利站得离他很近，温特伯恩正欲转身离开，他凑身过来。只见焦瓦内利面白如纸，因着这场合，纽孔中也未插花朵，似乎心中藏了话。憋了半天，他终于说道："她是我见过的最美的姑娘，那一身侠骨柔情也无人能及。"半晌无语，他又道："更是那天真的品性，天下再难一遇。"

温特伯恩凝视着他，一时竟只知重复他的话。"更是那天真的品性，天下再难一遇？"

"最是那天真的品性！"

温特伯恩立时心中煎熬，怒火中烧。"那究竟为什么，"他责问道，"你要带她去那个要命的地方？"

但见焦瓦内利先生的文雅之风竟一丝不乱。他垂头沉吟片刻，说道："我的命，不在话下；她呢，又汲汲盼着去。"

"这不是理由！"温特伯恩喊道。

这位诡秘莫测的罗马人垂下眼帘。"她若活着，我也一无所得。她永远都不会嫁给我，确定无疑。"

"她永远都不会嫁给你？"

"我一度也曾怀此奢望。可她是断断不会的，毋庸置疑。"

温特伯恩听着这番言语，伫立良久，四月绽放的雏菊间，一缕枝条兀自凸起，温特伯恩就静静凝视着这根枝条。待他回转身，焦瓦内利先生已缓步轻移，悄然离去。

温特伯恩未做耽搁，几乎即刻便离了罗马；不过，到了次年夏天，他又去沃韦见了姑妈科斯特洛夫人。科斯特洛夫人一向钟情沃韦。在沃韦的日子里，温特伯恩常常会想起黛西·米勒，忆起她那不可捉摸的行为举止。一日，他与姑妈聊起了她——他曾冤枉了这位姑娘，满心幽恨，终究难安。

"我可是当真想不通，"科斯特洛夫人说道，"你怎么会委屈到她呢？"

"她离世前曾留了口信给我，彼时我还不甚了了。可之后竟也恍然。她所期盼的是别人能相予尊重。"

"这是不是含蓄地表明，"科斯特洛夫人问道，"对于别人的情谊，她本是知恩图报的？"

对此温特伯恩缄默不语，却接着说道："去年夏天您讲的那句话，倒是应验了。我在国外已生活太久，注定要铸成大错。"

尽管如此，他依旧回了日内瓦。他这一盘桓，种种矛盾的说辞自然陆续传出：一种传言称他沉湎于"研习"——言外之意呢，暗指他对一位心思玲珑的异国女子意兴盎然。

后　记

◎李和庆

　　经过四年多的努力，这套"亨利·詹姆斯小说系列"终于付梓出版，与读者朋友们见面了。借此后记，一是想感谢读者朋友的厚爱，二是希望读者朋友了解和理解译事的艰辛。

　　二〇一五年初，我向九久读书人交付拙译《美妙的新世界》稿件后，跟著名翻译家、上海海事大学教授吴建国先生和九久读书人副总编邱小群女士喝下午茶时，邱女士说九久读书人有意组织翻译亨利·詹姆斯的作品，问我有没有兴趣和勇气做这件事。说心里话，我当时眼睛一亮，一方面是因为长期以来她给予我的信任着实让我感动，另一方面是为自己能得到一次攀译事高峰的机会感到高兴，但同时，我心里也有些忐忑。众所周知，詹姆斯的作品难译，自己是否有足够的能力去承担如此重任？我虽然此前曾囫囵吞枣地看过詹姆斯的《一位女士的画像》和《黛西·米勒》，但对他和他的作品一直缺少深入的了解和认识。回家后，我便利用现代化的网络拼命补课，结果发现，国内乃至整个华人世界对亨利·詹姆斯作品的译介让人大失所望，中文读者几乎没有机会去全面领略詹姆斯在小说创作领域的艺术成就。三个月后，在吴教授和邱女士的"怂恿"下，我横下心来决定要去啃一啃外国文学界和翻译界公认的"硬骨头"。

无可否认，亨利·詹姆斯是十九世纪末至二十世纪初美国继霍桑、梅尔维尔之后最伟大的小说家，也是美国乃至世界文学史上举足轻重的艺术大师，被誉为西方心理现代主义小说的先驱，"在小说史上的地位，便如同莎士比亚在诗歌史上的地位一般独一无二"（格雷厄姆·格林语）。詹姆斯是一位多产作家，一生共创作长篇小说二十二部、中短篇小说一百一十二篇、剧本十二部。此外，他还写了近十部游记、文学评论和传记等非文学创作类作品。面对这样一位艺术成就如此之高、作品如此庞杂而又内涵丰富的作家，要想完整呈现他的艺术成就，无疑是一项浩大而又艰巨的系统工程。要将这样一位作家呈献给中文读者，选题便成了相当棘手的问题。此后近一年的时间里，经过与吴教授和邱女士反复讨论，后经九久读书人和人民文学出版社领导审批立项，选题最终由我们最初准备推出的亨利·詹姆斯小说作品全集，逐渐浓缩为亨利·詹姆斯小说作品精选集。

说到确定选题的艰难历程，有必要先梳理一下詹姆斯小说作品在我国的译介情况。国内（包括港台地区）对詹姆斯的译介始于二十世纪八十年代，现今我们看到的詹姆斯作品的译本以中篇小说居多，其中包括《黛西·米勒》（赵萝蕤，1981；聂振雄，1983；张霞，1998；高兴、邹海仑，1999；张启渊，2000；贺爱军、杜明业，2010）、《螺丝在拧紧》（袁德成，2001；高兴、邹海仑，2004；刘勃、彭萍，2004；黄昱宁，2014；戴光年，

2014）、《阿斯彭文稿》（主万，1983）、《德莫福夫人》（聂华苓，1980）、《地毯上的图案》（巫宁坤，1985）和《丛林猛兽》（赵萝蕤，1981）；长篇小说有《华盛顿广场》（侯维瑞，1982）、《一位女士的画像》（项星耀，1984；唐楷，1991；洪增流、尚晓进，1996；吴可，2001）、《使节》（袁德成、敖凡、曾令富，1998）、《金钵记》（姚小虹，2014）、《波士顿人》（代显梅，2016）和《鸽翼》（萧绪津，2018）。此外，新华出版社于一九八三年出版过一部《亨利·詹姆斯小说选》（陈健译），其中包括《国际风波》《黛西·米勒》和《阿斯帕恩的信》①三个中篇小说；湖南文艺出版社于一九九八年出版过一部《詹姆斯短篇小说选》（戴茵、杨红波译），其中包括《四次会面》《黛西·米拉》②《学生》《格瑞维尔·芬》《真品》《螺丝一拧》③和《丛林怪兽》七个中短篇小说④。纵观上述译本，我们发现，国内翻译界对詹姆斯中长篇小说的译介基本是零散的，缺少系统性，短篇作品则大多无人问津。

鉴于此，选题组在反复研究詹姆斯国内译介作品的基础上，决定首先精选詹姆斯各个时期的代表性作品，最终确定了首批詹姆斯译介的精选书目，共涵盖了六部长篇小说：《美国人》（1877）、《华盛顿广场》（1880）、《一位女士的画像》（1881）、《鸽翼》（1902）、《专使》（1903）和《金钵记》（1904），四部中篇

---

① 即《阿斯彭文稿》（*The Aspern Papers*）。
② 一般译为《黛西·米勒》。
③ 一般译为《螺丝在拧紧》。
④ 此译本虽然命名为"短篇小说选"，但学界一般认为《黛西·米勒》《螺丝在拧紧》均为中篇。

小说：《黛西·米勒》（1878）、《伦敦围城》（1883）、《螺丝在拧紧》（1898）和《在笼中》（1898），以及各个时期的短篇小说十八篇。读者朋友从选题书目上可以看出，此次选题虽然覆盖了詹姆斯各个时期的作品，但主要还是将目光放在了詹姆斯创作前期和后期的作品上，尤其是他赖以入选一九九八年美国"现代文库""二十世纪百部最佳英语小说"榜单、代表其最高艺术成就的三部长篇小说《鸽翼》《专使》和《金钵记》。詹姆斯的其他重要作品此次虽然没有收入，但我们相信，这套选集应该足以展示詹姆斯各创作时期的写作风格。此外，这套选集中的长篇小说《美国人》、中篇小说《在笼中》《伦敦围城》以及绝大多数短篇小说均属国内首译，以期弥补此前国内詹姆斯作品译介的空白，让中文读者能更好地认识这位与莎士比亚比肩的文学大师。

选题确定后，接下来的任务便是组建译者队伍。我们首先确定了组建译者队伍的基本原则：译者必须是语言功力深厚、贯通中西文化、治学严谨、勇于挑战的"攻坚派"。本着这样的原则，我们诚邀海峡两岸颇有影响的专家、学者，最后组建了现在的译者队伍，其中既有大名鼎鼎的职业翻译家，也有上海交通大学、华东理工大学、上海海事大学、上海电机学院等国内高校的专家、教授。他们不仅在日常的教学科研工作中治学严谨、成绩斐然，而且在翻译实践领域也是秉节持重、著作颇丰，在广大读者中都有自己忠实的拥趸。

说起亨利·詹姆斯，外国文学界和翻译界有一种不言自明的共识，那就是：詹姆斯的作品"难译"。究其原因，詹姆斯作品的艺术风格与酷爱乡土口语的马克·吐温截然不同。詹姆斯开创了心理分析小说的先河，是二十世纪小说意识流写作技巧的先驱。他的小说大多以普通人迷宫般的心理活动为主，语句冗长晦涩，用词歧义频生，比喻俯拾皆是，人物对话过分精雕，意思往往含混不清。正因如此，他在世时钟情于他的美国读者为数不多，他的作品一度饱受争议，直到两次世界大战前美国出现"第二次文艺复兴"时，作为小说家和批评家的詹姆斯才受到充分的重视。

面对这样一位作家和他业已历经百年的作品，该如何向生活在一个世纪之后的现代读者再现詹姆斯的艺术成就，便成了译者队伍共同面对的问题。翻译任务派发后，各位译者先是阅读和研究原著，之后又通过各种方式和渠道，多次探讨译著该如何再现原著风格的问题。虽然译者队伍年龄不同，阅历不同，研究方向不同，学术造诣不同，对原著文本的把握也有差异，但大家最后取得的共识是：恪守原著风格的原则不能变。我曾在一次读者见面会上见到翻译界的老前辈章祖德先生，并就翻译詹姆斯作品的种种困难以及如何克服等问题虔心向章老请教。章老表示，虽然詹姆斯的作品晦涩难懂、歧义频现，现代读者可能很难静下心来去阅读，但翻译的任务就是要再现原作的风采，不然，詹姆斯就成了通俗小说家欧文·华莱士和丹·布朗了。在翻译詹姆斯作品的过程中，章老的教诲我时刻铭记在心，丝毫不敢苟且。

　　说起做翻译，胡适先生曾说过："译书第一要对原作者负责，求不失原意；第二要对读者负责，求他们能懂；第三要对自己负责，求不致自欺欺人。"胡适先生的观点，也是此次参与詹姆斯小说作品译介项目的译者们的共识。

　　翻译詹姆斯的作品，能做到胡适先生提出的前两重责任已经是非常困难的了。胡适先生提出的"求不失原意"，其实就是严复的"信"和鲁迅先生的"忠实"。对译者来说，恪守这一点是译者理应秉持的态度，但问题是译者应该如何克服与作者间存在的巨大时空差距，做到"对原作者负责"。詹姆斯的作品大都语句烦琐冗长，用词模棱两可，语义晦暗不明，译者要想厘清"原意"，需挖空心思、绞尽脑汁、字斟句酌、反复推敲。在很多时候，为了准确理解一句话，译者需要前后反复映衬，甚至通篇关照。为了"不失原意"，译者必须走进作品，进入角色的内心世界，既做"导演"又做"演员"，根据作品的文本语境和时空语境，去深入体味作品中每个人物角色的心理活动，根据角色的性别、性格、年龄、身份、地位和受教育水平，去梳理作家通过这些角色意欲向读者传达的意图和意义。

　　胡适先生提出的"对读者负责"，其实就是严复的"达"和鲁迅先生的"通顺"的要求，用当代学术语言说，就是译文的接受性问题。詹姆斯的作品创作于十九世纪七十年代到二十世纪初，其小说当然是以那个时代欧美社会的物质生活和精神生活为背景的，小说的语言风格也是维多利亚时代的文风。一百多年过去了，在物质生活已经极其丰富、生活方式已经发生质变、意识形态和伦理道德均已大异其趣的今天去翻译他的作品，该如何吸引生活在当今数字化、信息化时代的读者去读詹姆斯的作品，而且让读者"能懂"作者的意图，是译者面临的巨大挑战。对此，译者们的态度是，在"不失原意"、恪守原作风格的前提下，在文本处理上，适当关照当代读者的阅读感受。比如，詹姆斯的作品中往往大量使用人称代词和替代，在很多情况下，为了厘清原著中的指代关系，读者往往需要返回上文，但更多的则是要到下文中很远的地方去寻找，这种"上蹿下跳"式的阅读方式无疑会严重影响读者的阅读体验。为此，在翻译过程中，译者根据上下文所指，采取明晰化补充的处理方式，目的就是照顾中文读者的阅读感受，省却"上蹿下跳"的阅读努力。本质上说，这种处理方式也是恪守译文必须"达"和"通顺"的要求，而"达即所以为信"。

就翻译而言，译者如能恪守前两重责任，似乎已经足够了，可胡适先生为什么还要提出第三重责任呢？这一点胡适先生没有详述，但对一个久事翻译的人来说，无论是从事文学翻译，还是非文学翻译，都必须具有高度的职业责任感和历史使命感，对译事必须"不忘初心"，始终如一地怀有敬畏之心。换句话说，在翻译过程中，译者自始至终都要用心、动情，不可苟且。只有"用心"，译者拿出来的译文才能经得起时间的考验。"用心"是译者"对原作者负责"和"对读者负责"的前提，也是当下物欲蔽心、人事浮躁的大环境下，对一个优秀译者的基本要求，也是最根本的要求。

培根说过，"书有可浅尝者，有可吞食者，少数则须咀嚼消化"。詹姆斯的作品概属"须咀嚼"方能"消化"的，对译者而言如此，对读者朋友来说何尝不是这样呢？培根还说，"读书足以怡情，足以博彩，足以长才"（王佐良译）。"怡情"也好，"博彩""长才"也罢，相信读者朋友读詹姆斯的作品自会各有心得。

在结束这篇后记之前，我要借此机会感谢以各种方式为这套选集翻译出版做出重大贡献的同志们。首先，感谢九久读书人和人民文学出版社的领导，是他们慧眼识金，使得这套选集能呈现在读者朋友面前。其次，感谢吴建国教授和邱小群副总编，是他们取之不尽、用之不竭的智慧，使得这套译著有望成为真正意义上的"精选"。再次，感谢这套译著的所有编辑和译审，对他们一丝不苟、"吹毛求疵"的敬业精神和"为人做嫁衣"的无私奉献，我表示由衷的感谢。此外，还要感谢所有译者几年来夜以继日、不避艰难的笔耕，以及他们的家人所给予的莫大支持。最后，要衷心感谢作为读者的您，如蒙不啻辛劳、不避讳言地批评指正，译者会备感荣幸。

2020 年 6 月于滴水湖畔